IMMORTELLES

Laure Adler est journaliste et historienne. Elle a publié plusieurs ouvrages sur l'histoire des femmes et écrit la biographie de Marguerite Duras, Simone Weil, Hannah Arendt et Françoise Giroud. Dans son premier roman, *Immortelles*, elle tente de restituer la force de l'amitié entre filles unies par le même idéal dans la tourmente des années soixante-dix.

LAURE ADLER

Immortelles

ROMAN

GRASSET

© Éditions Grasset & Fasquelle, 2013.
ISBN : 978-2-253-17991-7 – 1ʳᵉ publication LGF

« Je ne souhaite rien tant qu'une chose : revenir à la solitude, l'anonymat, l'indifférence au monde, retrouver l'irresponsabilité de l'enfance, les après-midi dans le jardin, les oiseaux, quand je rêvais d'aller dans les pays lointains, connaître le monde, qu'il m'arrive des choses. Tout cela m'est arrivé, et m'arrivera encore, peut-être, et pourtant je n'aime que retrouver ce temps où rien n'était arrivé. »

Annie ERNAUX, *Écrire la vie*

C'était une nuit de pleine lune. Je me suis réveillée en nage. Dehors, le long des cyprès, j'ai cru entendre des bruits de pas. Je ne vois pas qui peut bien s'aventurer ici, dans cette maison isolée en pleine campagne, où je vis seule une partie de l'été.

Ma famille me reproche de vivre dans le passé, de ne plus savoir goûter au présent et de pouvoir encore moins m'imaginer l'avenir. Elle a raison. Je me suis construit une sorte de grande cage mentale où j'ai emprisonné des souvenirs, des émotions, des perceptions. Je vis avec mes disparues. Je leur parle parfois et cela ne me dérange pas. Contrairement à d'autres personnes de mon entourage, je n'ai pas de problèmes avec ce commerce. Elles ne me répondent pas, mais ce n'est pas grave. L'important est de savoir s'approcher de ce royaume où l'on ne s'aventure plus guère.

J'aime l'idée même de vieillir. Je l'ai acceptée avant l'âge et je le désire. Pourquoi est-ce la période de mes vingt ans qui revient indéfectiblement ?

Je me suis levée et j'ai perdu un peu l'équilibre. J'ai ouvert grand les persiennes et j'ai appuyé mes coudes sur la balustrade pour écouter les sons de la nuit. La conférence des oiseaux commençait à bas bruits derrière la grange. Et dans le champ étendu devant, remontant tranquillement vers les rosiers, j'ai aperçu le renard. Il semblait n'avoir peur de rien et s'approchait de la maison.

Je me suis recouchée sans faire de bruit, comme si je pouvais l'effaroucher. Dans la blancheur de l'aube, m'est revenu le souvenir de Suzanne dans le sous-bois. Cet été-là, nous partagions une maison dans un petit village des Cévennes avec d'autres amis. Un matin, lors d'une promenade, quittant la route goudronnée, nous sommes tombées sur une renarde et ses deux renardeaux. Suzanne a hurlé et s'est enfuie. Je me souviens d'elle, avec son short découpé dans un jean qu'elle avait cisaillé, en train de courir. Elle porte ses sabots à la main et se retourne pour savoir si elle est suivie. C'était drôle de voir une fille si courageuse, si désireuse de s'exposer à des situations difficiles, prendre peur ainsi.

Judith aussi était dotée de ce type de tempérament. Fière, déterminée, elle ne subissait pas les situations, préférant les affronter de manière silencieuse, ne prenant pas de risques. Était-ce dû à l'enseignement de sa mère résistante ?

Les images défilent. Le jour apparaît.

La présence-absence de Florence imprègne la pièce. Je l'imagine en coulisse, les cheveux défaits, dans une robe de velours rouge, agenouillée, tout entière tendue à faire retomber les plis du page, à l'entracte, un nid d'aiguilles au poignet.

Florence, Suzanne, Judith. Elles forment une sarabande dans ma tête. Leur force m'a construite et m'a rendue différente. Avec elles, j'ai ressenti ce à quoi nous ne pensions jamais, ce que vivre signifie.

Est-ce parce que deux d'entre elles sont mortes et que la troisième m'est inaccessible que je pense à elles si souvent et qu'elles s'imposent à moi par inadvertance ? Quelquefois, il suffit d'une odeur, d'une musique ou de la vision d'un tableau pour que tout revienne. Comme le sang qui gicle après une blessure.

Toutes trois ont souffert de l'absence de père. Toutes trois n'ont pas vraiment compris qu'elles étaient des filles et ont découvert tardivement leur féminité. Toutes trois, sans le savoir, ont eu peur de leur force, de leur énergie.

Je me souviens soudainement que, la nuit précédente, j'ai encore rêvé d'elles. Cela m'arrive souvent. Elles se mélangent quelquefois et l'une peut prendre la place de l'autre quand je cherche à les distinguer.

Elles m'ont offert le sentiment de l'intensité et m'ont donné ce qu'elles avaient de plus précieux : leur amitié.

Elles reviennent devant mes yeux, à la façon de flash-back cinématographiques où les contours de leurs visages, leurs silhouettes, leurs voix, leurs sourires, s'imposent à moi comme si le temps s'abolissait.

Présent. Passé. Où se sont-elles engouffrées ? Rêve ? Réalité ? Il existe pour moi une grande porosité entre ces deux mondes. Les rêves, la nuit, me les restituent sans que je l'aie décidé et, au réveil, c'est à moi de comprendre, souvent difficilement, comment elles se sont éloignées à tout jamais. J'ai le pouvoir, cependant, surtout dans ces moments qui suivent immédiatement le réveil, quand la pleine conscience n'a pas repris entièrement ses droits, de les faire revenir à moi en pensant à elles.

J'ai fait leur connaissance en moins de six mois, séparément, sans souhaiter qu'elles se rencontrent, tant chacune vivait dans son univers et m'avait offert d'entrer dans son histoire.

Avec chacune d'elles, j'ai vécu des événements qui ont façonné ma personnalité et contribué à construire mon rapport au monde.

Je leur suis encore redevable.

Ma quête qui cherche à les libérer de la forteresse du temps ne s'apparente pas, je crois, à de la nostalgie. Je n'ai pas de regrets pour notre jeunesse, plutôt de l'effroi.

Vouloir comprendre son enfance, le rôle de sa mère, le poids des préjugés, est une recherche à haut risque qui me fait penser à la descente dans une grotte dont on ne sait si on pourra remonter.

La brume de chaleur estompe les contours de la campagne. Le renard est parti derrière la maison, là où vivent des centaines de lapins. Devant moi, j'aperçois, en équilibre instable sur le toit de la grange, des colombes immobiles.

Je me surprends, déjà, à espérer que la nuit revienne vite.

Le plein jour ne convient pas à la convocation des souvenirs.
Je tire les volets, m'allonge dans le noir.
Je ferme les yeux.
Elles apparaissent.

Première partie

Le sentiment de l'innocence

Florence

J'ai cru la voir, juste avant que le noir ne se fasse. Même profil, même taille, même allure.

Puis la pièce a commencé : *L'Ennemi du Peuple.*

Un jeune acteur, très maigre, est venu sur le plateau jouer de la batterie. Le son est strident, l'espace encombré par des meubles hétéroclites. Il y a de l'électricité dans l'air. Je me cale dans mon fauteuil. Je suis prête à écouter des phrases écrites à la fin du XIXe siècle, comme si elles conservaient aujourd'hui leur pouvoir de subversion.

Tout le monde se soumet. Vite ou pas vite. On finit tous par se soumettre. On est agi par cette servitude volontaire. Lui, comme les autres ? Et pourtant, ce médecin intègre qui dénonce la pollution dans les canalisations des thermes de la ville, semble résister. Il perd tout jour après jour : son travail, la considération d'autrui, l'amour de ses proches. Il continue cependant à dire la vérité, à dénoncer le scandale. Personne ne l'écoute. Chacun veut le faire taire.

La peinture éclabousse les murs de la pièce où le médecin tente encore de se justifier. Petit à petit, le plateau est envahi par ces jets acryliques. Ça coule de partout. Ça hurle aussi et pas seulement la batterie.

Elle est là, trois rangs devant moi, à ma droite.

Elle tourne son visage vers l'arrière, comme si elle voulait échapper à toute cette fureur.

C'était trop. Florence disait souvent cela : il en fait trop, c'est de trop.

Je sais qu'elle aurait aimé ce type de relecture un peu brouillonne, mais portée par la jeunesse d'une troupe qui s'amuse d'un texte d'Ibsen, comme s'il avait été écrit hier.

Elle ne s'excuse pas, oblige toute la rangée à se lever, sort par la porte latérale, celle qui jette une lumière crue sur le plateau, et laisse le battant se refermer lentement derrière elle.

Sa manière de marcher est la même, pas son comportement. Jamais elle n'aurait accompli, autrefois, un tel geste. Ne jamais partir avant la fin. Ne jamais perturber les comédiens pendant une représentation. Prendre son mal en patience. Elle n'en démordait pas...

Je ne crois ni aux revenants ni aux extrêmes ressemblances.

Je crois aux petits signes que les disparus nous adressent de temps en temps, de là-bas, pour qu'on ne les oublie pas.

Ce soir, c'est la première et le public bat les rappels. Quand il tape du pied, cela signifie que c'est plus que gagné. Il grogne presque de satisfaction. Il en redemande. L'acteur qui jouait de la batterie va chercher une guitare. Les lumières s'éteignent à nouveau. Il commence tout bas *Memory song*. Une mèche de cheveux lui barre la moitié des yeux qu'il tient fermés. Au couplet, il lève le bras. Le public commence à chantonner, puis à tanguer de gauche à droite.

Personne ne veut partir. Devant les marches du théâtre, éclairées par les néons du manège, le groupe hésite à prolonger la discussion en attendant l'arrivée des comédiens.

Je leur fausse compagnie. Pas d'accolades ni de baisers. Le souvenir de Florence m'envahit. Son corps, sa voix, ses gestes. Je disparais, juste avant que le sanglot qui monte en moi ne vienne à s'exprimer. Je ne sais pas comment endiguer ce flot. Je marche de plus en plus vite et contourne le théâtre municipal. Là, je le vois, le jeune acteur-batteur. Au beau milieu de la rue, il continue à chanter pour lui seul. Il porte un tee shirt jaune vif sur lequel est inscrit en lettres noires I AM ALIVE.

Le bruit de mes pas le perturbe. Il lève la tête. J'ai les yeux brouillés de larmes. Il arrête la guitare, ouvre ses bras. Je fais non de la tête.

Je lui dis : reprenez la chanson. Vous ne pouvez m'être d'aucun secours. Mais vous écouter m'empêche de pleurer.

Florence avait le goût de disparaître. Cela avait commencé très tôt. Elle s'absentait sans que personne y prenne garde. Pourtant, son visage changeait d'expression. Elle n'était plus là pour personne. Peut-être même pas pour elle-même. Ensuite, dès qu'elle en a eu la possibilité concrète, elle a fait des fugues : loin, pas loin, peu importait. Il lui suffisait de prendre des trains et de s'arrêter, par hasard, dans une gare. C'était la sonorité du nom qui brusquait sa décision. Enghien-les-Bains, Milly-la-Forêt, Montreuil-sur-Mer.

Elle revenait vite, souvent encadrée par les flics. Pas penaude. Non, plutôt fière.

Elle ne donnait jamais d'explication. Elle rentrait dans sa chambre, claquait la porte, attendait que son père arrête de lui poser des questions, puis elle sortait de nouveau – sans prononcer un mot.

Après, il y eut les substances, mais avant, la découverte de l'alcool.

Une des premières fois, c'était en Corse. Elle était partie avec Barbara. Son père avait voulu lui offrir des vacances. Cette année-là, elle avait eu des résultats scolaires à peu près corrects. Il avait cru bien faire en les invitant au Club Med. Le séjour s'était mal terminé.

Elles avaient joué le jeu, enfilé le paréo, mis les fleurs en plastique comme pendentifs d'oreilles et avaient fait la queue au buffet de la soirée de bienvenue : avec leurs étoiles de mer phosphorescentes en guise de monnaie d'échange, elles s'étaient empiffrées de langoustes mal décongelées, arrosées de sangria qu'elles se servaient par louches dans des gobelets en plastique.

Puis elles avaient gagné la piste. Leur énergie s'était déployée à repousser, avec force sourires, les avances de quinquagénaires déjà un peu bedonnants, bronzés, presque violacés. Le sol venait d'être repeint d'un bleu lagon qui pourtant s'écaillait. Tout était bleu : le ciel, la mer, les étiquettes des huiles, les paréos, le khôl des hôtesses, les minijupes des animatrices, les fleurs des chemises tropicales des cadres engoncés dans leurs bermudas trop serrés.

Viens, c'est ma chanson, a-t-elle dit à Barbara. Ce n'est ni du slow ni du jerk, on peut la danser face à face.

Florence avait fermé les yeux. Son corps ondulait et ses bras esquissaient des mouvements lents comme les battements d'ailes d'un cormoran. Sa tête oscillait, tombait un peu. Les pieds ne scandaient plus la cadence, les mains agrippaient le tissu de la robe. Elle ne bougeait presque plus. *Porque sera* est une chanson lente, obsessionnelle, addictive. Le chef de la soirée – oui, il y avait eu un vote pour désigner le chef – décida de remettre la chanson sur le tourne-disques.

Ça marchait, en effet. Une dizaine de couples s'étaient rassemblés au centre de la pièce parmi les tables pas encore débarrassées.

Barbara avait pris Florence doucement par les épaules pour tenter de l'entraîner loin de la piste. Elle avait réagi violemment par des insultes. Non, elle ne voulait pas se coucher. Non, elle n'avait pas perdu la tête. Elle était seulement un peu partie. C'était le mot qu'elle répétait. Le corps ne suivait pas. Elle ne marchait pas droit. Barbara avait insisté.

À peine Florence avait-elle consenti à suivre son amie et à s'éloigner des spots électriques pour regagner le bungalow, que ses pieds s'enfoncèrent dans le sable. Elle s'écroula.

D'abord, ce furent des claques plutôt douces que Barbara lui administra. Mais rien n'y faisait. Une dame courut à la cuisine chercher une casserole d'eau fraîche. Florence ne bougeait pas. Le mari de la dame, qui avait son brevet de secourisme depuis dix-huit ans – avait-il tenu à préciser –, demanda l'autorisation à Barbara de faire du bouche-à-bouche. Elle était tellement paniquée qu'aucun son ne sortait. Elle a fait oui en hochant la tête.

Délicatement, il souleva son visage, réclama à son épouse son sac qu'il mit sous la nuque de Florence et commença à insuffler de l'air dans les poumons. Elle ressemblait à une poupée mécanique trop grande, comme celles qu'on trouve, en fin de saison, dans les fêtes foraines, pâles copies de celles qui étaient amoureusement fabriquées par des artisans à la fin du siècle dernier. Copies de copies de copies. Ses jambes pendaient, ses bras semblaient tout mous, mais sa cage thoracique palpitait. On voyait bien que, très lentement, elle revenait à elle.

Florence n'avait pas eu de cheveux jusqu'à l'âge de trois ans et demi. Au moment où les mères commencent à faire des nattes à leur fille, la sienne avait choisi de lui couvrir la tête de bonnets qu'elle tricotait elle-même et qui avaient aussi l'avantage de cacher les oreilles qu'elle avait fortement décollées.

Sa mère était une enfant de riches, le père avait gaspillé la fortune familiale au jeu – jeux de cartes, courses de chevaux, loteries et surtout casinos, tous les casinos, des plus huppés de l'Europe du Sud aux plus discrets de villes thermales endormies depuis des décennies.

À l'enfance avec précepteur à la maison, avait succédé une adolescence de fille de bourgeois déclassés dans un internat religieux pas trop cher, d'où elle ne sortait qu'une fois par mois avec les vifs encouragements de la sœur douairière qui l'interrogeait de façon répétitive pour savoir si ses parents ouvraient de temps en temps leur courrier. Ils ne payaient pas régulièrement. Elle n'avait pas, pour autant, l'intention de demander une bourse pour poursuivre ses études.

Elle obtint, facilement, de ses parents, la faveur de quitter l'établissement à l'issue du premier baccalauréat pour s'inscrire au cours Pigier, section sténo et dactylo. Les cours avaient lieu trois soirs par semaine. Elle s'était aussi inscrite à un cours d'anglais accéléré.

À l'époque, secrétaire c'était bien. Cela signifiait pouvoir être une jeune femme émancipée qui avait les moyens de se louer un studio, de ne plus avoir à se faire entretenir par ses parents, d'aimer déjeuner sur le pouce, debout, seule dans un bar – on disait snacker – juchée sur un tabouret sans en référer à quiconque, sortir le samedi soir avec ses collègues et rêver, pendant les week-ends, du voyage qu'elle ferait aux vacances de l'été prochain. Les Baléares peut-être ?

Ce n'était pas la vie rêvée, mais la vie qu'on faisait miroiter dans les magazines féminins. On conseillait aux jeunes lectrices de mettre de l'argent de côté toute l'année pour s'offrir une semaine dans ces oasis de beauté où on avait le droit de draguer. Oui, on y était même encouragée et cela n'était pas mal vu, au contraire. On en reviendrait avec l'idée que, peut-être, le monsieur avec qui on avait dansé sur des hits de Frank Sinatra, dansé mais pas couché, était bien ce célibataire qui allait vous inviter, un samedi soir, à la brasserie de ce restaurant, en haut des Champs-Elysées.

Elle connaissait le revers de la médaille ; elle avait deviné que tout cela n'était que mirages et attrape-nigauds. Elle le savait ou, plutôt, elle le pressentait. Elle aurait aimé, pourtant, céder à toutes ces chimères, rien que pour partir, introduire une rupture dans le temps, s'éloigner de la répétition, mais elle n'en avait pas les moyens.

Alors, elle économisait pour l'année suivante, tout en se persuadant que, de toute façon, le moment venu, elle serait déçue par cette manière factice de vivre cette semaine d'été. Elle était comme cela : elle imaginait négativement ce qu'elle ne pouvait vivre, comme si elle anticipait, et se persuadait qu'elle avait eu de la chance de ne pas avoir à expérimenter ce qu'elle n'était pas capable d'espérer.

Ainsi, échappait-elle aux regrets, à l'amertume, au ressentiment. À la fin du mois d'août, lors de la reprise, ses collègues aimaient montrer leurs décolletés pigeonnants – la mode était aux soutiens-gorge qui galbaient les seins et aux robes d'été avec un nœud sur le devant, serrées aux hanches, puis en corolle qui s'arrêtait juste aux genoux – et continuaient, jusqu'en septembre, à ne pas mettre de bas, grâce à l'entretien de leur bronzage assuré par des produits venus d'Amérique.

Elle ne pipait mot. Elle aussi était hâlée, mais pas bronzée. Elle n'allait pas leur raconter que, dans l'arrière-jardin de sa mère – le père avait divorcé, elle vivait seule en grande banlieue, à la lisière de la campagne – juste à côté du potager, elle avait réussi à aménager un minuscule terre-plein, qu'elle avait recouvert de gravier acheté dans le magasin destiné aux professionnels du bâtiment. À l'heure où sa mère faisait la sieste, elle disposait la chaise longue face au soleil. Chaque jour, près du mûrier, dans le bourdonnement des abeilles qui venaient frôler la haie de zinnias plantée devant les rangées de poireaux, elle prenait le soleil. Personne ne le savait. Elle aimait sentir sa peau devenir moite, la transpiration aux aisselles, la sueur qui tombait des commissures des lèvres, l'odeur du tan-up qui coulait aussi dans les yeux et qui la piquait, ses poils qui devenaient moins noirs sur sa peau moins blanche, les veines des mains soudain plus saillantes. Elle voyait, quelques jours plus tard, avec plaisir, toutes ces taches de rousseur qui apparaissaient sur le devant de la poitrine, sur les pommettes aussi.

Elle avait l'impression, en se donnant ainsi au soleil, de sortir de sa condition et de rompre la longue chaîne des interdits. C'était comme si elle s'exposait nue, même si elle ne faisait qu'ouvrir son corsage sans vraiment l'ôter. Ce seul geste était considéré comme un sacrilège pour sa mère qui ne s'était jamais déshabillée qu'au bas du lit dans le noir. Elle avait coupé ses cheveux sans lui en parler, car elle savait qu'elle désapprouverait. Elle se souvenait que, lorsqu'elle était enfant, sa mère la conviait le soir à partager ce moment de la toilette : elle défaisait ses longues tresses, remontées en bandeaux de chaque côté du visage, et les laissait tomber. Elle prenait à pleines mains ces spirales de cheveux qu'elle domestiquait comme des serpents. Sa mère se tenait face au miroir sans pourtant jamais s'y regarder.

Alors, elle refermait les yeux pour mieux jouir du bain de soleil. Elle sentait, avec la chaleur qui montait, son ventre qui bougeait, sa poitrine qui battait et sa tête qui tournait. Elle chavirait dans l'éblouissement de l'été.

C'était début octobre. Il était arrivé, l'air gêné. Aussi jeune qu'elle et beaucoup plus timide. « Je crois que vous êtes ma nouvelle secrétaire, oh pardon, la secrétaire avec qui je vais travailler. » Elle avait bien aimé sa manière de parler. Elle n'avait pas fait de commentaire. Cela changeait des autres – vous me ferez ceci, mon emploi du temps exige que vous...

La semaine d'après, il l'invitait au Café de la Paix, place de l'Opéra. Une heure plus tard, il lui demandait si elle était prise pour la soirée. Drôle de question : comment peut-il penser que je suis « prise » ? Elle a hoché la tête. Cela tombe bien, dit-il, j'ai deux billets pour l'Olympia. En seconde partie, c'est Aznavour, vous aimez ?

Trois ans ont passé. Elle est mère au foyer, a deux petites filles.

Florence, c'est l'aînée. Florence comme la ville où ils avaient choisi d'aller passer leur lune de miel. Martine, la seconde – comme Martine Carol, une de ses idoles – était venue sans qu'elle l'ait vraiment choisi. Ce n'est qu'au sixième mois qu'elle avait réalisé qu'elle n'avait plus ses règles depuis longtemps et qu'elle grossissait inexplicablement. De toute façon, elle n'avait jamais été « réglée » régulièrement comme ses copines de pension et ne cherchait pas trop à savoir. Le médecin qu'elle s'était résolue à consulter s'était contenté de la féliciter. Vous êtes très féconde, madame. Si vous n'en voulez pas un troisième, revenez après l'accouchement.

Elle se souviendra longtemps de ce nom, Ogino, sans savoir ce qu'il signifiait vraiment. Je vous expliquerai la méthode Ogino, avait précisé le médecin.

À la naissance de Martine, elle avait quitté son travail. La nourrice refusait de prendre le bébé et elle n'avait aucune autre solution, ni familiale, ni amicale. Son mari, qui avait eu une promotion, l'avait encouragée. Il faut « profiter », disait-il. Lui-même pourrait assurer les dépenses du ménage à condition de ne pas avoir de « frais extérieurs ». C'était l'expression qu'il employait. Elle lui a fait répéter puis s'est fait expliquer.

Elle se disait : moi je reste à l'intérieur et comme cela il n'y aura pas d'argent dépensé à l'extérieur.

À l'extérieur de quoi ?

De plus, ses responsabilités dans le domaine si spécialisé de l'ingénierie aéronautique obligeaient son mari à partir en Allemagne pour des séjours de trois jours, au moins une fois par mois. La firme ouvrit un nouveau comptoir en Amérique du Sud. Il avait le vent en poupe chez les cadres supérieurs. Toujours disponible, souple, ne comptant pas son temps. Il parlait deux langues, dont le portugais, ce qui était un atout supplémentaire.

Ce soir-là, il arriva tard, encombré de deux énormes peluches et d'un bouquet de lys blancs, apparemment sans raison. « Le directeur adjoint m'a proposé d'ouvrir une filiale à São Paulo. » Les filles étaient en train de dîner. Elles s'agitaient dans la cuisine en criant : « C'est la fête, c'est la fête, papa part pour le Brésil ! »

Il avait simplement oublié de demander à sa femme son avis. Il n'avait même pas envisagé que son absence, trois mois par an à l'autre bout du monde, allait entraîner des conséquences et modifier le cours de leurs existences. Lui, le fils de paysan, le boursier qui n'avait jamais voyagé, avait réagi comme un enfant, ravi, persuadé que sa femme serait fière de ses nouvelles responsabilités. Pas une seconde il ne l'avait imaginée dans l'angoisse d'avoir à assumer son rôle de mère lorsqu'il serait si loin.

C'était la femme de sa vie. Au fond, c'était aussi sa manière à lui de la considérer, cette façon de la croire capable de tout, seule, sans se poser de questions.

De fait, si on réfléchissait, c'est à ce moment-là que les premiers signes de fêlure étaient apparus. Ils avaient commencé juste avant le départ pour le Brésil. C'était insidieux. Ça arrivait à l'improviste. D'abord, elle éprouvait de légers étourdissements qui la contraignaient à s'asseoir, puis, très vite, à avoir peur de sortir. Après les vertiges, le corps s'immobilisait. La mère entendait ses filles jouer, se chamailler, elle les voyait, mais elle ne pouvait ni émettre un son ni se lever.

Là. Pas là. Elle ne savait pas.

Elle attendait que ça passe.

Florence, dès l'âge de cinq, six ans, commença à s'en apercevoir. Au début des crises, la petite faisait le pitre devant elle pour la faire rire. La mère ne réagissait pas. Alors Florence se mettait à danser autour de sa chaise en inventant des mots à partir de ce qu'elle pensait être la langue des Indiens et, pour la réveiller, criait en mettant sa main devant la bouche pour mieux scander et aussi pour lui faire peur. Mais le regard restait fixe. La crise pouvait durer une demi-heure. Après, la mère ne se souvenait de rien, et tout redevenait comme avant jusqu'à la crise suivante, plus longue, plus angoissante aussi parce que son corps se rigidifiait.

Florence, chaque fois, inventait de nouvelles stratégies, elle prenait ses deux mains, claquait fort la gauche dans la droite et demandait à sa sœur de l'imiter pour réveiller leur mère qui les regardait, l'air hébété, les poignets retournés sur la chaise, montrant des veines si nombreuses qu'elles formaient comme le début d'un fleuve.

Florence la laissait là, comme morte, dans le salon. Elle entraînait sa sœur dans la chambre et inventait de nouveaux jeux.

Leur mère réapparaissait deux, trois heures plus tard, à l'embrasure de la porte, toute pimpante, souriante, comme si de rien n'était.

Le cours de la vie reprenait.

Lors du quatrième séjour du père au Brésil, leur mère trouva un couple de voisins qui accepta de les garder à la sortie de l'école. Elle avait obtenu un travail administratif au secrétariat du rectorat de l'université, quelques rues plus loin. Ce n'était pas formidable d'en être réduite à classer, puis à distribuer le courrier dans de lourds chariots en acier, alors qu'on sait prendre en sténo, à toute vitesse, n'importe quel discours de grand patron. Mais tout le monde ignorait au rectorat qu'elle possédait des qualifications plus élevées. Elle s'était bien gardée de se mettre en avant, tant elle avait envie d'accepter le premier travail venu, pourvu qu'il lui permette de sortir de chez elle.

Elle avait recommencé à acheter des vêtements, et testait ses nouvelles toilettes, dans le salon, devant ses filles, en faisant le mannequin. Elle s'était, de nouveau, regardée dans un miroir et avait maquillé ses yeux, puis sa bouche. Quand elle sortait, après s'être longuement préparée, elle semblait si apprêtée qu'on aurait pu croire qu'elle allait au bal.

Les petites étaient enchantées d'avoir une maman-poupée. Et puis les crises s'espaçaient. La vie revenait à l'intérieur. La mère emportait dans son foyer des journaux que des collègues lui avaient prêtés.

Elle s'était fait deux amies, plus âgées qu'elle, et avec qui elle aimait passer le temps pendant la pause du déjeuner. D'ailleurs, elle, réputée si muette, parlait maintenant sans cesse, sans raison le plus souvent.

Florence ne comprenait pas tout, mais ce n'était pas grave. Voir les yeux de sa mère briller lui suffisait.

Un soir, la mère avait oublié d'aller chercher les petites chez les voisins de palier.

Le couple de retraités ne s'était pas formalisé et encore moins inquiété. Ce qui les tracassait c'était de ne pas pouvoir respecter leurs habitudes et, le jeudi soir, pour rien au monde ils n'auraient manqué, à la télévision – qu'ils avaient achetée depuis moins d'un an – l'émission de Gilles Margaritis.

Ne voyant pas leur mère arriver, ils avaient décidé d'installer les deux filles sur le canapé devant la télévision. C'était la première fois que Florence se trouvait si longtemps en face d'un écran. Dans la journée, le meuble était recouvert d'une grosse couverture et elle ignorait que pouvaient en sortir des images en noir et blanc.

Leur mère avait surgi au moment où l'assistante du fildefériste lui tendait une baguette lumineuse. Elle était arrivée par-derrière. Aucune des deux filles n'avait entendu le heurtoir de la porte car le son de la télévision et les cris des adultes et des enfants, assistant pour de vrai au spectacle du cirque, remplissaient la pièce.

Elle leur avait embrassé la nuque, murmuré des mots doux, répété qu'il était tard, et que, demain, il y aurait école. Elle avait des chaussures rouges et une jupe portefeuille blanche qui s'arrêtait au-dessous du genou et mettait en évidence la beauté de ses jambes. Elle avait enfilé ses bas à couture qu'elle ne portait que pour les fêtes. Ses mains étaient chaudes comme la gorge de la colombe que Florence avait caressée longuement, au fond du jardin public, derrière la roseraie, à la fin de l'été. Elle ne chancelait pas mais était obligée, pour donner le change, d'appuyer fortement ses deux bras sur le haut du canapé pour ne pas tanguer. Elle laissait, alternativement, reposer le poids de son corps sur ses chevilles, en tirant en même temps sur la bride élastique de ses salomés au risque de les abîmer, et ce mouvement de balancier qui s'amplifiait n'augurait rien de bon.

Florence avait les yeux rivés, là-haut, sur l'homme à la combinaison chatoyante qui se trouvait à mi-parcours, entre deux barres, comme s'il volait. Dans le public, une petite fille assise au premier rang lança un ballon qui s'envola vers la voûte en plastique surchauffée. Le ballon ne heurta pas la trajectoire du trapéziste mais celui-ci, troublé par la vision latérale de ce qu'il perçut comme un obstacle, modifia son programme et ne fit pas le triple saut annoncé par Gilles Margaritis dans le porte-voix.

La mère sentait un parfum que Florence ne connaissait pas. Sa voix maintenant tremblait et devenait suppliante. Les filles ne voulaient pas bouger. Le couple, lui aussi hypnotisé par le spectacle, ne disait mot. Rentrons.

Florence prit sa sœur par la taille, attacha les boucles de ses chaussures pendant que la mère s'excusait et s'excusait encore, en disant « je vous les paierai ces heures-là ». Mais la femme ne l'écoutait pas, trop pressée qu'elles s'en aillent toutes les trois et de retrouver son fauteuil auprès de son homme qui, lui, n'avait pas bougé. Elle n'avait pas ouvert la lumière de l'entrée de peur de le gêner. Quand Florence s'est retournée, avant de s'engager dans l'escalier, elle a vu sur l'écran les trois trapézistes qui se tenaient par les poignets, comme s'ils formaient un arbre. L'un d'eux portait une cape bleue sur laquelle était inscrit, en caractères rouge sang, *Mister Love*.

Insensiblement, Florence prit le contrôle de la situation sans qu'un mot soit prononcé ni aucune explication donnée. L'argent pour la nourriture était déposé dans une coupelle sur le guéridon de l'entrée. Il n'en manquait jamais. La mère en laissait assez pour payer l'épicier, qui proposait de monter les courses à l'appartement une fois par semaine. Le boucher et le boulanger, eux, faisaient crédit.

La mère avait conservé quelques rites qui semblaient la faire tenir, comme si elle jouait un rôle dont elle n'était pas véritablement consciente. Des points de repère rythmaient la vie : le déjeuner du dimanche, suivi de la promenade au parc, avec, dans la poche de l'imper, les morceaux de pain pour les deux méchants cygnes qu'elle allait réveiller derrière le pavillon abandonné. Martine cabriolait, criait, réclamait la balançoire, les poneys, tout en sachant que sa mère ne choisirait que le toboggan. L'aire de jeux jouxtait un labyrinthe de verdure où la petite aimait se cacher pour faire peur à sa sœur. Leur mère, elle, ne prenait pas acte de ces disparitions. Elle restait assise sur un banc, les yeux fixés dans le vague, et laissait Florence s'époumoner à répéter ses appels angoissés. Puis, la petite sortait en hurlant et, tout en se moquant de sa sœur, tentait de réveiller leur mère en lui faisant des grimaces et en s'accrochant à l'ourlet de sa robe. Rien ne la réveillait. Florence prenait son sac, puis sa main et, pendant que les gardiens sifflaient pour disperser les derniers promeneurs, elles franchissaient la grille du parc et franchissaient à pied la longue rue qui montait vers la petite ceinture.

C'était ainsi, chaque dimanche après-midi, en l'absence du père.

La mère préparait les repas. Frugaux, équilibrés, sans saveur. Elle ne savait pas ce qu'était le sel. Les aliments étaient cuits puis posés dans les assiettes. Elle ne mettait que deux couverts et se contentait de picorer dans le plat des filles sans leur demander leur avis.

Puis elle a oublié de plus en plus souvent de fermer le gaz. Elle faisait tout brûler. Elle a, d'abord, tenté de nettoyer le fond des casseroles, mais elle a vite laissé tomber. Florence a essayé de les récupérer avec la paille de fer et l'eau brûlante. En vain. La mère s'est moquée d'elle, mais n'a pas voulu les jeter. « Une casserole, ça ne se met pas à la poubelle », répétait-elle. Ses mains tremblaient quand elle craquait les allumettes. Pour pouvoir allumer le gaz, il fallait être rapide et précis. Elle n'y arrivait plus et l'odeur du gaz empestait l'appartement. Elle ne voulait pas qu'on ouvre les fenêtres. Trop compliqué, trop long. Florence le faisait en cachette. La mère se projetait toujours dans le futur et ne vivait pas dans le présent. Elle répétait sans arrêt ce mot, *après* : après, le repas sera terminé. Après, nous irons nous coucher.

Les soirs d'été, lorsque l'obscurité enfin se faisait, elle se tenait prostrée sur sa chaise au milieu de la cuisine, les bras ballants, la blouse déboutonnée, les pieds dans des espadrilles qu'elle laissait ouvertes au niveau du talon, ce qui accentuait sa manière étrange de se déplacer. C'était comme si elle glissait sur un sol spongieux, pluie d'accidents, milliers de météorites invisibles à l'œil nu.

Elle ne marchait plus, elle naviguait.

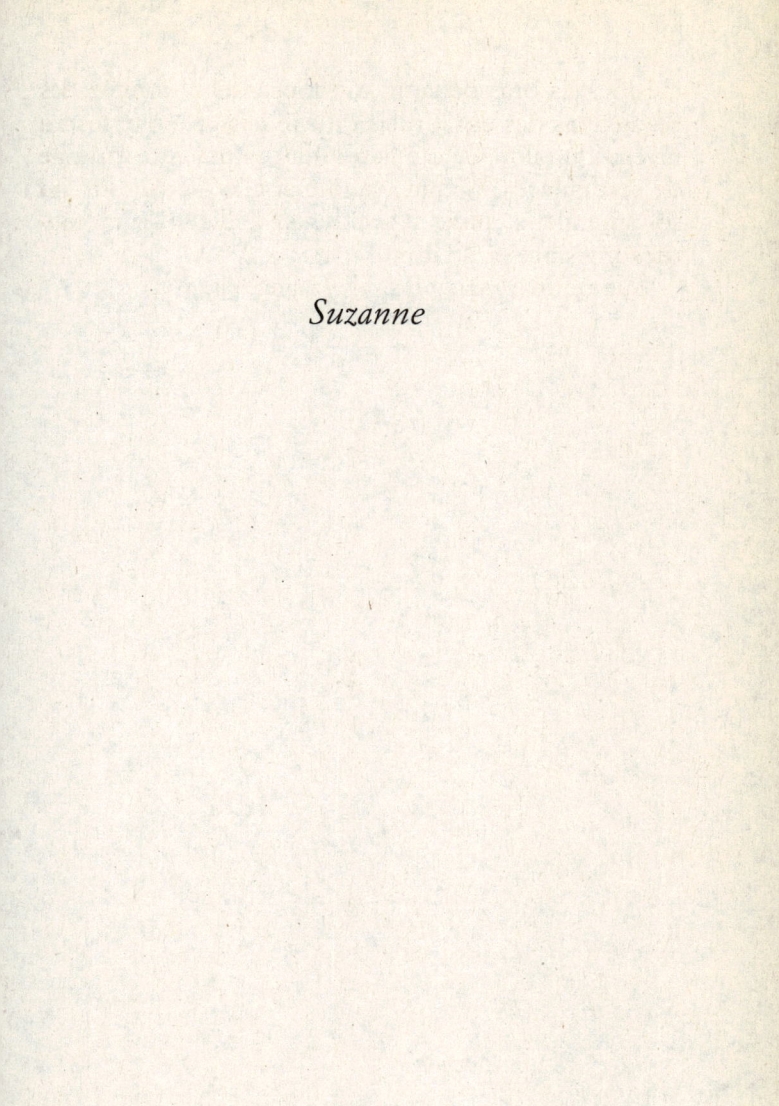

Suzanne

C'est l'été. Nous vivons ensemble depuis deux semaines dans ce qui peut s'appeler une communauté. Tout autour, s'étendent des forêts de châtaigniers. Au fond, dans la vallée, des petites rivières forment des gourds où l'on peut se baigner.

Hier, les garçons sont revenus tout tremblants de leur excursion. L'un d'eux a eu la jambe éraflée par un sanglier. Tout le monde s'est moqué de lui, sauf Suzanne, qui est allée chercher sa petite mallette rouge et l'a examiné. Ils se sont mis dans un coin. Le brouhaha des cris d'enfants qui poursuivaient le chat montait avec la rumeur de la place qui entrait dans la maison.

Je la regarde avec ses cheveux qui lui tombent dans les yeux, son regard un peu embué. Elle a l'air d'une biche effarouchée, peut-être n'est-elle pas encore sortie de sa nuit. Elle a fini de soigner le blessé et s'assied au bout de la table. Elle chantonne en se balançant sur son siège. Elle possède la beauté des filles qui ne le savent pas. Elle est la plus discrète de la bande. Si elle parvenait à être invisible ce serait parfait. Elle veut s'adresser à ses camarades. Personne ne fait attention à elle. Il faut qu'elle tape plusieurs fois sur la table avec un journal pour demander la parole.

Elle dit : « J'ai fait un mauvais rêve.

Je me trouvais sur une échelle très fine, constituée de mini-cordages qui se balançaient dans le vent. La lumière était aveuglante, semblable à celle de la Normandie, juste après une averse de printemps. Une femme m'avait ordonné de monter sans me laisser le choix. Je me souviens qu'au début, elle me poussait entre les omoplates pour m'obliger à aller plus vite. Il fallait gravir, un à un, les barreaux. Vers où ? Je ne sais plus bien. C'était interminable, pesant, incontrôlable. J'avais l'impression d'être soumise à une sorte de conjuration à laquelle je ne pouvais me soustraire. Tout se passait comme si je me déplaçais dans le ciel. Mon corps ne pesait plus rien. J'avais la sensation de monter vers le bleu sous la menace de basculer de l'autre côté du monde.

Je me suis réveillée à cause du parapet. »

Puis Suzanne a levé le bras droit et l'a déplacé horizontalement dans l'espace. Elle a recommencé le geste trois fois sans dire un mot, comme si elle voulait signifier qu'il fallait passer à autre chose et retrouver le brouhaha. Son récit de rêve n'appelait, à ses yeux, aucun commentaire.

Elle s'est retournée vers moi. Le chien blanc s'est mis à japper avant de se coucher au milieu de la pièce. Les enfants avaient réussi à retrouver enfin les dés du Monopoly et s'installaient sur la table de la cuisine. Elle m'a dit : « On va se baigner ? »

Il faut une certaine endurance physique pour descendre dans la vallée en coupant à travers champs. Avec nos tongs, on s'enfonçait dans le sous-bois encore imbibé par la rosée. La pluie de la veille rendait la marche difficile. Nous cherchions les marques rouges sur le tronc des arbres pour nous assurer que nous n'avions pas fait fausse route.

Ce sont les interpellations des baigneurs qui nous ont guidées. Notre rocher n'était pas occupé. Large et plat, il ménageait deux incurvations où nous pouvions nous allonger, nues, face au soleil.

En contrebas, le gourd, vert émeraude, scintillait. Pas grand mais peu fréquenté. C'était un bassin d'eau calme où, ce matin-là, un couple avait installé une tente bleue à la lisière de la plage de galets.

Suzanne s'est avancée sur le promontoire.

Elle a jaugé la situation, a longuement hésité, est descendue un peu dans le petit canyon en sautillant et en criant aïe ! aïe ! On aurait dit qu'elle volait de rocher en rocher pour ne pas avoir à subir la brûlure des pierres.

Elle s'est immobilisée. Je voyais ses orteils s'agripper au rebord de la falaise. Elle a enfoui son visage dans ses bras, collé ses oreilles contre le haut de ses omoplates.

Au dernier moment elle a changé d'avis. Elle s'est étirée, a reculé pour pouvoir prendre son élan, son pied a fait appel et, dans l'espace du saut, elle a réussi à ramener ses jambes contre sa poitrine et à enfouir sa tête contre son ventre, comme si elle se protégeait.

J'ai vu le tunnel blanc que le choc de son corps provoquait à la surface de l'eau.

Puis, plus rien.

« Tiens-toi droite », lui répétait sa grand-mère, au moins trois fois par soir, dans la cuisine où, à partir de six heures et demie, elle lui servait son sempiternel dîner : soupe, omelette, compote. Le cérémonial commençait, en fait, à l'heure des informations car, beaucoup plus que la nourriture, ce qui l'intéressait, c'était les nouvelles du monde, et, plus particulièrement, celles qui parvenaient de l'Indochine.

Sa fille, infirmière de son état, avait voulu repartir au front malgré les recommandations de ses collègues : tous désapprouvaient les atermoiements politiques de leurs chefs militaires, qui ne savaient pas terminer cette sale guerre, pourtant déjà perdue.

« En fait, maugréait la grand-mère, elle a voulu retrouver son médecin officier qui lui a promis de divorcer depuis trois ans déjà. Elle croit au Père Noël ? »

Suzanne connaissait ces incessantes litanies et ne les écoutait plus. Toute petite et chétive, elle ne faisait pas son âge – huit ans – et n'avait ni les habits ni la coiffure, ni même les gestes d'une petite fille rangée.

« Tu n'es qu'une graine de garçon manqué », lui disait sa grand-mère, quand elle la voyait sortir de sa chambre avec la tenue réglementaire des demi-pensionnaires – jupe plissée, polo mis à l'envers, grosses chaussures délacées sur des chaussettes de laine qui lui couvraient à moitié les genoux, qu'elle avait cagneux. Les cheveux étaient coupés ras, en zigzag, à l'aveuglette. Chaque mois, elle se mettait un bol sur la tête et, sans se regarder, elle coupait ce qui dépassait pour empêcher sa grand-mère de lui prendre rendez-vous chez son coiffeur.

Suzanne avait une large cicatrice sur la jambe droite – souvenir d'une partie de balançoire où le sang avait giclé mais où personne de son école n'avait jugé bon de l'emmener à l'hôpital pour faire des points de suture. Le mercurochrome suffisait. Elle n'avait pas bronché malgré les élancements de douleur répétés jusqu'en haut de la cuisse.

Moins Suzanne pouvait se faire remarquer, mieux elle se portait.

Se sentait-elle de trop ? Pas aimée ? Elle avait l'impression qu'elle était comme en surplus, qu'elle pesait.

Sa mère lui envoyait chaque semaine des cartes postales d'Indochine avec des paysages coloriés. De son amour, elle ne doutait pas. Pas plus de celui de sa mère que de celui de sa grand-mère. Mais de gestes d'amour, elle était en manque. Et pas seulement quand sa mère était absente.

Quand elle rentrait en France, elle se comportait avec elle de manière maladroite, pataude. Rien ne paraissait naturel. Elle n'arrivait pas à la toucher, à l'embrasser, à la prendre dans ses bras, à la protéger. C'était peut-être parce que sa mère s'intéressait aux hommes. Cela, malgré son jeune âge, Suzanne l'avait compris. On pouvait faire de sa mère ce qu'on voulait.

Elle était à vue, disponible. Un inconnu pouvait lui parler, l'emmener dans un fourré, Suzanne avait compris cela l'an passé dans un bal. Sa mère ne prenait pas soin d'elle-même. Comment pouvait-elle prétendre être véritablement responsable de sa fille alors ?

Bâtarde. Le mot avait claqué dans la cour de récréation. Il avait été prononcé par la fille la plus âgée, celle qui portait sous sa blouse une chaînette en or avec un cœur, et qui prétendait avoir un amoureux dont elle ne souhaitait pas révéler le prénom, juste le nom, histoire de dire qu'il appartenait à une famille de riches avec particule, de très riches, même, puisque son patronyme seul signifiait la puissance.

Suzanne n'avait pas réagi. Et pour cause. Elle ne connaissait pas la signification de ce mot, bâtarde. Elle avait juste compris qu'il résonnait avec d'autres mots, comme malpropre, petite, moche, mal dégrossie, moins que rien : mais ces manières multiples d'être appelée, de se sentir comme recouverte de toutes les dépréciations possibles, lui convenaient très bien. Avec ces mots-là, elle avait construit une caverne qu'elle avait imaginée marine, sur une île où elle se réfugiait dès que le vent de l'adversité soufflait un peu trop fort.

Autant dire qu'elle l'habitait souvent.

De retour de l'école, elle n'avait rien dit à sa grand-mère. Elle était trop bouleversée.

Après son goûter, elle partit en courant derrière la barre d'immeubles. Le soleil était d'un blanc pas franc. Elle calcula sa trajectoire. Elle était très forte pour deviner l'heure exacte en regardant l'ombre que faisaient les vieux peupliers sur la haute butte de terre.

Les garçons l'attendaient. Ils avaient disposé un cercle de pierres juste au bord du talus, là où commence le précipice. Elle savait qu'elle n'y couperait pas et, malgré sa peur, elle ferait semblant de hocher la tête au moment où le chef du clan lui banderait les yeux. Elle ferait en sorte que son corps ne tremble pas lorsqu'elle sentirait l'odeur de la fumée. Son dos resterait droit. Elle concentrerait toute son attention derrière les poignets, là où le pouls bat.

Ils lui ont ligoté les mains en serrant fort. Elle les a entendus courir tout près d'elle, se chamailler. Ils parlaient d'un mouchoir qui s'était envolé, puis ils ont tapé fort sur le sol plusieurs fois. Ça faisait comme un bruit de bouchons quand ils enfonçaient leurs doigts dans le sol encore mouillé, à cause de l'orage de la nuit précédente. Elle les enviait de pouvoir pénétrer ainsi la terre.

Cela faisait des mois qu'elle avait consenti à être leur esclave.

Eux, ils disaient qu'elle était leur Indienne.

Le bruit des feuilles faisait vacarme. Le souffle du vent, comme des vagues successives, lui donnait l'impression de se trouver à la proue d'un canot de sauvetage par mer agitée.

Elle s'engourdissait.

Ce sont les hurlements de sa grand-mère, par le vasistas qui donnait sur le terrain vague, qui l'ont réveillée. Elle a réussi, par petits bonds, à sortir du cercle et à atteindre un arbre. À force de frotter le foulard sur le tronc, le troisième nœud a fini par céder.

Elle a tiré d'un coup sec et le bandeau est tombé. Elle a délié ses mains et est rentrée. Son corps tremblait.

Il faisait nuit noire. Ils l'avaient oubliée. Ils savaient pourtant que, le soir tombé, leur terrain de jeux devenait le territoire des maraudeurs et que des messieurs avec de grosses voitures venaient, phares éteints, voir si les trois jeunes filles du quartier, toujours habillées en minijupes et perchées sur des chaussures lamées, avaient décidé de se promener.

Suzanne, le lendemain, leur a demandé pourquoi ils l'avaient ainsi abandonnée. C'était, disaient-ils, la faute de leurs mères qui les avaient houspillés. Ils prétendaient avoir été obligés de rentrer sans pouvoir la libérer. Leur intention était de le faire, dans la nuit, dès que les parents se seraient endormis. Elle a fait semblant de les croire et ne s'est pas offusquée.

Le lendemain elle s'est à nouveau prêtée au jeu sans se faire prier.

C'est au cours de ces cérémonies qu'elle a appris à prendre des risques et qu'elle a connu l'addiction au danger, la sensation de l'oblation, la possibilité de devenir non pas une autre, mais toutes les autres.

Bien plus tard, à l'âge de trente-deux ans, en lisant *Albertine disparue*, elle sentira de nouveau son corps se contracter, le rythme du sang s'accélérer, la peau des bras et des poignets frissonner. Elle pensera de nouveau à la sensation de liberté qu'elle avait eue, cette nuit-là, à courir seule, délivrée de ses liens, dans le noir.

À la radio, elle entendait souvent le mot « trêve ». Elle n'osait pas demander à sa grand-mère ce qu'il signifiait. Le compte-rendu des événements envahissait les stations. Sa grand-mère avait beau tenter d'aller sur les petites ondes, sur toutes les radios on évoquait les déplacements du front, le retrait des troupes, les bombes qui explosaient au milieu de la ville blanche, les hélicoptères abattus dans le désert.

Suzanne absorbait toute cette ouate de mots formant une constellation menaçante, composée de sphères lumineuses qui apparaissaient de temps à autre dans son champ de vision sans qu'elle puisse, de par sa seule volonté, agir sur elles. Les journaux à grand tirage qu'achetait sa grand-mère rapportaient des histoires de soucoupes volantes racontées par des paysans qui les avaient vues en lisière de leur champ. Sa grand-mère était tentée d'y croire et cela agissait sur son imagination. Suzanne avait peur de s'endormir et, quand elle rentrait dans sa chambre, elle ne fermait pas la porte pour laisser passer quelques rais de lumière de la cuisine où sa grand-mère lisait un roman policier, assise sur sa chaise, tout en écoutant le feuilleton face au poste de radio.

Les sphères ne l'encombraient jamais pendant le jour. Mais, chaque soir, elles revenaient. Une nuit, elle fut réveillée par des bruits étranges au bout du long couloir qui desservait les chambres : des chaises qu'on déplaçait bruyamment, des éclats de voix mêlées allant du chuchotement à l'indignation – avec, comme basse continue, une longue plainte qui ne pouvait sortir que de la gorge de sa grand-mère.

Elle tâtonna dans le noir jusqu'à l'entrée du salon où, près du poste de téléphone posé sur un guéridon, se tenaient, immobiles, son jeune oncle et sa grand-mère. Celle-ci avait les cheveux dénoués qui lui tombaient en dessous des omoplates. C'était la première fois qu'elle la voyait abandonnée à sa féminité. Tous deux venaient d'apprendre, par les autorités militaires, qu'une attaque ennemie avait eu lieu là où se trouvait sa mère. Il y avait trois morts, non identifiés encore, des dizaines de blessés. Les rescapés seraient rapatriés d'ici deux jours. Ils en connaissaient le nombre mais ignoraient les noms. Ils rappelleraient demain. La grand-mère, au téléphone, répétait d'une voix suppliante : « Vous me jurez que vous me dites la vérité. »

Cette nuit-là, pour la première fois, ils s'allongèrent tous trois sur le canapé du salon en oubliant de fermer les volets.

Du reste, Suzanne ne se souviendra pas. Elle perdra la notion du temps.

Elle eut l'interdiction de sortir de l'appartement.

Une fin d'après-midi, on sonna à la porte. Aucun visiteur ne s'aventurait jusqu'au palier. Suzanne demanda à sa grand-mère l'autorisation de tirer le verrou. Celle-ci hocha la tête en souriant.

Sa mère était là, devant elle, bras ouverts, le visage hâlé, les cheveux blonds, ondulés. Suzanne, elle, ne souriait pas. Elle ne fit pas un geste pour se réfugier dans ses bras.

Suzanne avait compris que l'arrivée de sa mère n'améliorerait pas son existence et qu'elle ne gagnerait rien au change. Pourtant, vivre avec sa mère avait été, pendant longtemps, sa seule ligne d'horizon, son unique manière d'envisager le monde. Elle avait tant rêvé de se glisser dans la salle de bains, de passer du temps avec elle quand elle se maquillait, et de la voir prendre délicatement entre les doigts, de sa main droite, cette poudre sèche parfumée qu'elle mettait en haut de ses pommettes, après la pose de son fond de teint. Elle aurait tant voulu partager avec elle tous ces moments, sentir son odeur, rester allongée à ses côtés pendant la sieste, mettre la main sur son ventre à l'endroit où il palpite. Elle aurait tant aimé la prendre par la main en marchant avec elle dans les rues, lui tendre son cou pour qu'elle y dépose des baisers d'oiseau, juste en dessous de l'oreille. Elle voulait s'endormir avec elle, dormir tout son saoul. Oublier tout ce temps passé en son absence. Recommencer à zéro.

Trois semaines après son retour, la mère de Suzanne proposa de quitter la ville pour aller passer une journée dans la station balnéaire la plus proche. Dix kilomètres avant la mer, elle arrêta l'automobile et lui proposa de marcher à travers champs entre les bottes de foin. L'odeur lui montait à la tête et ses jambes piquaient. Sa mère chantait à tue-tête et Suzanne essayait maladroitement de s'accorder à elle au moment du refrain. Elle avait toujours un temps de retard.

La grand-mère avait préparé le pique-nique, qu'elles prirent sur la digue, protégées par leurs cabans. La mère eut un geste de tendresse et enveloppa sa fille avec son châle. Elles tentèrent de marcher sur la plage, face au vent mauvais qui leur donna l'impression qu'elles pouvaient s'envoler.

Au lieu de revenir par la grande route, la mère proposa de rouler à l'aventure, on avait le temps, jusqu'à ce que le soleil se couche. Tout heureuse de l'occasion, la grand-mère, pourtant frissonnante, acquiesça. Plus on s'éloignait de la côte, plus le bleu du ciel s'agrandissait. *Non, rien de rien, non, je ne regrette rien,* commença à entonner la grand-mère, bientôt rejointe par sa fille, puis par Suzanne qui essayait de mémoriser à toute vitesse les paroles de cette chanson, dont elle pense encore aujourd'hui qu'à elle toute seule, elle vaut bien des manuels de philosophie.

Suzanne rentra tout étourdie de sons, de lumières. Elle avait l'impression qu'elle avait gardé avec elle la force du vent. Elle titubait de fatigue et, une fois n'est pas coutume, elle courut se coucher sans même se déshabiller.

C'était un samedi soir. Pour rien au monde sa grand-mère n'aurait manqué la retransmission du concert de l'orchestre philharmonique, qui commençait à vingt heures, sur la première chaîne de télévision. Suzanne s'endormit au moment où le second mouvement s'achevait.

Ce sont des sanglots derrière la porte des toilettes qui la réveillèrent. Suzanne tambourina violemment. La mère consentit finalement à sortir, après de nombreuses supplications. Elle tenait dans sa main une boîte de médicaments et son teint était cireux. Après quelques pas, elle s'effondra dans le couloir. La chambre de Suzanne étant la plus proche, la grand-mère lui demanda de l'aider à la transporter – c'était bien le mot car le corps ne répondait plus – et à l'allonger sur son propre lit.

Cette nuit-là lui rappela la veillée, trois ans plus tôt, où, comme les autres membres de la famille, elle avait été obligée de s'enfermer avec le grand-père revêtu de son plus bel habit dans la chambre au fond de l'appartement. Le lit était entouré de bougies. Il flottait une odeur d'encens laissée par le prêtre. Elle se souvint de sa honte de s'être endormie, puis de s'être réveillée en s'excusant auprès du mort, comme s'il pouvait la juger.

Le médecin est arrivé au milieu de la matinée et a chassé Suzanne en refermant la porte. Il est ressorti sans dire un mot mais sans manifester d'inquiétude. Sa mère a dormi d'un sommeil lourd, dont elle n'a émergé, avec de gros râles, qu'en fin d'après-midi. Elle n'a pas voulu changer de chambre.

La nuit suivante, Suzanne a dormi sur le canapé, dans le salon éclairé.

Le surlendemain, sa mère est repartie. Elle venait de décrocher une mission temporaire près du camp militaire américain, situé non loin de là. Elle reviendrait peut-être dimanche en quinze. Si on lui en donnait l'autorisation.

À la rentrée scolaire suivante, sa mère fut mutée à Arras. Suzanne, malgré les demandes insistantes de sa grand-mère pour la garder, fut inscrite en sixième au lycée de filles. La grand-mère craignait que sa fille ne soit montrée du doigt et que toutes deux ne soient rejetées. Pour élever seule son enfant à cet âge-là, c'est qu'on a été une fille de mauvaise vie. C'est l'expression qu'elle répétait. À Suzanne aussi on ferait des réflexions sur l'absence du père. Dans une petite ville, tout se sait et se répète.

Les deux femmes n'arrêtaient pas de se chamailler devant la petite. Le ton montait. Le visage de la grand-mère devenait tout rouge, son cou aussi. Elle enlevait ses lunettes et soufflait dessus pour faire de la buée, signe chez elle d'une grande nervosité. La mère, en apparence plus distante, jouait à l'indifférente, à celle qui a tout enduré. Elle regardait avec une certaine condescendance, mêlée de pitié, cette mère qui ne lui faisait pas confiance et tentait désespérément de prendre sa place. Elle s'en voulait de lui avoir confié Suzanne sans lui avoir précisé que c'était pour un temps seulement. Le veuvage avait accentué sa peur de la solitude. Suzanne devenait un gage.

Pour sa grand-mère, Suzanne incarnait la possibilité de vivre plus légèrement et plus gaiement et elle se sentait capable de diriger son éducation. La mère, elle, s'imaginait, grâce à Suzanne, une vie dans laquelle elle serait moins harponnée par les hommes, une vie douceâtre dans laquelle elle parviendrait à faire le deuil du grand amour. Peut-être réussirait-elle à accepter progressivement ce rôle de « fille-mère ». C'était comme cela qu'on la désignait dès qu'elle avait le dos tourné.

Suzanne, de son côté, comme toutes les petites filles, rêvait d'une vie tranquille.

L'appartement était tout proche de l'école. Les trois premiers jours, sa mère l'accompagna. Puis, n'ayant pu refuser les horaires de nuit de l'hôpital, elle ne se leva plus le matin pour préparer le petit déjeuner. Suzanne aimait bien ce temps vacant où elle décidait de tout par elle-même. Elle choisissait l'heure de son réveil, et même la manière de s'habiller. Elle se nourrissait très peu. Elle aimait, le matin, avoir le corps léger. Elle courait jusqu'au bas de la rue en pente, avant d'obliquer vers le carrefour. Elle avait peur de traverser depuis qu'elle avait vu un vieux monsieur se faire faucher par une voiture qui ne s'était pas arrêtée.

Le sentiment de la mort ne lâchait pas prise et surgissait brutalement par associations : il suffisait qu'elle se souvienne du bandeau sur les yeux dans le terrain vague, ou des sanglots de sa mère derrière la porte fermée, pour qu'une sorte de voile noir vienne s'interposer entre ce qu'elle voyait et le réel du monde. Cette peur, elle ne l'exprimait jamais, et elle aurait eu bien du mal à la formuler. À l'école, très vite, elle avait appris les codes et était devenue, en moins de trois mois, une élève modèle. Elle-même s'en montrait étonnée. Quand elle rentrait le soir, après l'étude, sa mère se préparait pour aller travailler et venait de terminer sa collation. À l'exception du dimanche, elles ne dînaient jamais ensemble.

Sa mère appartenait au domaine de la nuit. Elle s'endormait quand Suzanne se réveillait.

Suzanne, insensiblement, devenait une fille murée.

Elle avait eu beau se prévaloir de son statut de mère célibataire, l'administration de l'hôpital ne souhaita pas faire un geste à la rentrée scolaire suivante. Elle resterait infirmière de nuit et responsable de l'étage.

Alors, pour ne pas s'endormir, elle rêvassait en lisant les magazines. *Ciné Life* avait sa préférence, car les paparazzi suivaient toujours les déplacements de Katerine Hepburn, son idole. Grande admiratrice de François Mauriac, surtout pour *Le Nœud de vipères*, elle avait, grâce à son *Bloc-Notes*, découvert Paul Valéry qu'elle considérait comme son philosophe. Elle s'allongeait sur son lit pliant, au fond du couloir, dans ce qui était pompeusement qualifié par les autorités de salle de repos. Les néons rendaient la lecture difficile. Elle lisait une page puis repliait le livre sur son ventre, fermait les yeux, divaguait, essayait de comprendre et, sans prêter plus d'attention au temps, elle reprenait cette fois à haute voix des fragments de *Variété*. Puis elle sombrait dans un demi-sommeil en écoutant le bruit que font les corps dans les hauts lits d'acier, entravés par les perfusions, pour tenter de trouver la bonne position. Au matin, les femmes en blouse bleue venaient, sans interrompre leurs discussions bruyantes, la sortir de cette torpeur.

Elle accordait une attention particulière à son allure. Elle était sobre mais, malgré elle, un peu aguicheuse, car elle portait maladroitement les modèles qu'elle découpait dans les journaux féminins et qu'elle donnait à la couturière pour qu'elle les reproduise.

Elle ne proposait jamais à Suzanne de l'accompagner. Ni dans les magasins, ni à l'institut de beauté, ni même au marché. De tout ce quotidien, qu'elle vivait de manière décalée, elle ne lui offrait pas l'accès, comme si elle vivait seule dans l'attente du retour de son grand amour. Elle se comportait comme une amante persuadée qu'elle allait reconquérir l'objet de sa passion. Quand cela se produirait, viendrait enfin le temps de la considération de soi et de la reconnaissance des autres. En attendant, elle sentait bien qu'on la regardait à l'hôpital avec une certaine commisération et que, derrière son dos, les bons mots pleuvaient. Cette notion de péché lui collait à la peau et elle comprenait que, dans la tête des femmes plus particulièrement, elle était considérée comme une femme facile, une séductrice et, peut-être, une rivale dont il fallait se méfier.

Son amant n'avait jamais vu sa fille. Il en connaissait pourtant l'existence.

Elle ferait tout pour le reconquérir.

Elle essayait de retrouver sa piste. Une fois par trimestre, elle se rendait au ministère des Armées où elle était renvoyée vers celui des Colonies. Elle attendait des heures dans une salle d'attente décorée d'affiches mettant en valeur les départements et territoires d'outre-mer. On y voyait des plages désertes, photographiées dans une lumière blanchâtre. Selon l'amabilité et le bon vouloir du fonctionnaire de service, elle arrivait, ou pas, à raconter son histoire, presque jusqu'au bout. Les femmes se montraient plus compréhensives, de manière générale. Elle donnait comme raison, pour justifier son souci de le retrouver, un lien de parenté. Elle se disait sa cousine. Une fois, elle avait essayé de se faire passer pour sa sœur, mais on lui avait demandé ses papiers d'identité et elle n'avait plus recommencé.

Chaque fois, elle revenait bredouille. Elle ne connaissait, de cet homme, que le nom qu'il s'était donné à l'armée. Des chirurgiens élevés au rang d'officier pour leur courage, pilotes d'hélicoptère pendant les événements, puis qui avaient repris le cours de leur vie dans la périphérie de Paris, il y en avait plus d'un. Certainement trop, en tout cas, pour que l'administration, sans raison valable, lui communique leurs adresses. Alors, elle prétendait qu'elle avait travaillé avec lui il n'y avait pas si longtemps et elle disait vouloir le revoir. Lorsqu'elle se retrouvait, face à des inconnus, en train de raconter son histoire, des odeurs et des paysages lui revenaient.

Elle se remémorait le tarmac, les tentes dressées au milieu du désert, les feux allumés jour et nuit, l'installation électrique bricolée. Elle était devenue, peu à peu, comme son assistante. Elle lui donnait les instruments au moment des opérations et s'occupait de la propreté du champ opératoire. Elle allait chercher l'eau potable qu'elle stockait dans des gourdes en fer. Elle les cachait sous son lit de camp, puis elle la distribuait aux malades au petit matin.

Elle se souvenait des couvertures rêches qu'elle humidifiait avant de s'introduire dans son lit à l'heure où le soleil était au zénith. Son amant venait la rejoindre, en effet, le plus souvent, à l'heure de la sieste. Elle n'avait pas oublié sa peau toute tavelée, ses grains de beauté en haut des deux omoplates, son tatouage en forme de cœur enfermé dans deux anneaux grillagés au poignet gauche, dont il ne voulait pas parler. Mais ce qui lui revenait surtout, c'était sa douceur, une infinie douceur qui lui permettait d'aller à la recherche de son propre plaisir, elle qui ne savait rien des délices de l'amour physique. Il l'encourageait à se caresser, il la regardait se donner du plaisir avant de la reprendre et d'appuyer ses lèvres, qui formaient un cratère, sur son aine, puis de les faire descendre en laissant sur son ventre un filet de salive s'écouler. Et elle, les yeux fermés, lui demandait de recommencer. Les caresses continuaient. Ils refaisaient l'amour avant de s'endormir le dos tourné, les draps remontés.

Ils vécurent ainsi dix-huit mois d'un amour réciproque, fondé sur le désintéressement de soi et l'abandon total. Cet homme, qu'elle secondait dans toutes ses tâches, la considérait comme une égale et lui confiait des responsabilités qu'elle n'avait jamais eues.

Elle l'avait suivi de base en base. Il avait imposé sa présence. Ils ne se quittaient pas et formaient un couple au vu et au su de tous les militaires. Un jour, il lui annonça qu'il devait rentrer d'urgence en métropole. Il avait demandé une autorisation à sa hiérarchie, en prétextant un problème familial. L'armée, sans chercher à en savoir plus, la lui avait accordée. Elle aussi s'était gardée de poser des questions. À son retour, il lui avouera qu'il venait d'avoir son second fils.

Elle ne demandera pas son prénom. Ils continuèrent de faire l'amour chaque après-midi. En apparence, rien n'avait changé, mais, chaque nuit, il parlait, ou plutôt, il hurlait des propos incohérents dans son sommeil. Elle tentait de le calmer en murmurant des mots doux qu'il n'entendait pas. Il se retournait dans le lit avant de se rendormir d'un sommeil agité. Progressivement, elle eut l'impression que l'écart entre ce qu'il disait et ce qu'il pensait se creusait. Il continuait à entretenir le silence sur sa vie familiale. Elle n'avait d'ailleurs pas envie d'en savoir plus. Mais elle sentait bien qu'il s'éloignait.

Elle eut une altercation avec l'infirmière chef à propos des vacances. Sa supérieure refusait de lui accorder les semaines d'été qu'elle lui avait demandées en août pour partir avec Suzanne. Elle n'en démordait pas. D'abord, elle était la dernière arrivée dans ce service, ensuite ses collègues avaient des familles nombreuses. L'infirmière chef détachait ses mots comme si elle voulait l'humilier. Elle haussait le ton, tempêtait, se justifiait en répétant ces mots de « famille nombreuse » comme s'ils revêtaient une signification particulière. Elle ne pouvait lui accorder, éventuellement, que la dernière semaine d'août et lui conseillait d'accepter si elle voulait retrouver du boulot à la rentrée.

Elle la laissa soliloquer.

À la fin du service, elle enleva sa blouse qu'elle rangea dans son placard, le débarrassa de ses magazines et des boîtes de gâteaux secs à demi entamées, remonta le couloir vitré une dernière fois sans jeter un regard sur les lits, tant elle craignait d'être submergée par les larmes. Elle se dirigea vers le bureau où étaient les tableaux de service. Le plus jeune des internes, avec qui ses relations étaient douces et fluides, prenait sa garde. Elle l'embrassa longuement, sans dire un mot. Il accepta l'étreinte, un peu étonné. « Tu me fais tes adieux ? » lui demanda-t-il en souriant. Elle se retourna en agitant les mains. Ses chaussures en caoutchouc claquaient bruyamment sur le carrelage. Elle tenta de faire moins de bruit en s'efforçant d'effleurer le sol. Sa démarche ressemblait à celle d'une skieuse de fond, tâtant la neige du haut de ses skis, avant de descendre la piste.

Elle rentra tout excitée. À la grande surprise de Suzanne, elle mit un napperon sur la table de la salle à manger, puis elle trouva dans le placard du salon deux verres de Bohême, qu'elle remplit d'un vin pétillant italien. « Tchin-tchin, lui dit-elle. Je change de vie et toi aussi. Et pour fêter cet événement on va écouter Yves Montand. »

Elle posa délicatement le diamant sur le tourne-disques, écarta les fauteuils et se mit à danser, seule, pieds nus, au son de *Battling Joe.* Suzanne la regardait. Elle s'approcha d'elle en ondulant les hanches. Elle portait une robe drapée avec des plis sur la poitrine qui mettaient en valeur son décolleté. Le tissu, en voile doux et transparent au niveau des bras et de la gorge, était un imprimé de fleurs mauves et blanches qui sculptaient sa silhouette. Elle sentait le savon de Marseille et un peu l'éther. Pour la première fois, pensa Suzanne, qui n'y comprenait rien, ma mère m'invite à danser.

Sa nouvelle vie d'infirmière libérale fut, au début, une succession de reconquêtes. Elle décidait de ses trajets, de son emploi du temps, de sa charge de travail. Elle choisissait ses patients. Généralement, des personnes qui avaient des traitements lourds, nécessitant des visites régulières, au moins trois fois par semaine. Beaucoup d'insuline, mais aussi des bouteilles d'oxygène à monter jusqu'au troisième étage d'immeubles sans ascenseur. Elle se disait, en gravissant les escaliers avec difficulté, qu'elle n'y arriverait jamais. Puis l'énergie revenait, stimulée par l'amour inconditionnel qu'elle vouait à son métier. Elle s'attardait souvent chez trois de ses patientes qui vivaient seules et à qui elle apportait des vivres. Elle prenait aussi leur courrier qu'elle allait poster. Elle venait avec le pain, des fruits, le journal. Certains soirs, elle oubliait l'heure et rentrait quand Suzanne était sur le point de se coucher. Elle était si fatiguée qu'elle ne songeait même pas à lui demander comment s'était passée sa journée.

Ses visites lui prenaient de plus en plus de temps. Elle s'attachait à ses patients, qui l'attendaient et qui, pour la faire rester encore, lui préparaient des petites collations. Elle ne pouvait s'enfuir comme une voleuse une fois les piqûres ou le soin terminés. Ils demandaient toujours plus de son temps.

Très vite, elle se laissa déborder. Elle écoutait leurs plaintes avec bienveillance et tombait dans le piège des rites et des répétitions de tous ceux qui sont assignés à résidence. Elle devenait leur messagère. Elle parlait et allait des uns aux autres. Elle était leur lien. Elle passait son temps avec eux et oubliait presque qu'elle avait un foyer.

Suzanne avait pris l'habitude de préparer le dîner, de mettre le couvert pour elles deux. Et puis, généralement, elle attendait. À neuf heures et demie, en désespoir de cause, elle mangeait une pomme, puis traînait dans la cuisine en faisant ses devoirs. Sa mère la trouvait le plus souvent endormie tout habillée, sur le dessus-de-lit, tenant du bout des doigts la radio allumée, branchée sur Europe n° 1, pour écouter *Salut les Copains.*

C'est Suzanne qui, un beau matin, de manière solennelle, a demandé à entrer en pension.

Judith

Elle est arrivée en retard, les yeux rougis, au cours de physique. Nous n'étions pas nombreux à venir écouter ce professeur tatillon, désagréable, parlant dans un langage abscons et ne cherchant pas à se faire comprendre. Pour nous deux, c'était l'occasion de se voir avant la longue coupure du week-end, où chacune ignorait tout de ce que l'autre faisait.

Judith aimait et n'aimait pas aller chez Madame Yoshua. Elle aimait, parce qu'elle savait qu'elle y mangerait du pain au pavot tressé, recouvert de miel. Elle n'aimait pas, parce que deux autres filles plus âgées qu'elle, des pimbêches, bien habillées, avec les cheveux nattés, du rose sur les joues et du talc dans leurs chaussettes, participaient à ce cours et faisaient comprendre qu'elles étaient furieuses que Madame Yoshua puisse penser que Judith était de leur niveau. Elle ne l'était pas et s'en rendait bien compte, mais elle devinait que Madame Yoshua n'avait pas envie de perdre son jeudi matin en faisant deux cours successifs.

Ce matin-là de 1960, dans la salle à manger de cet immeuble d'un quartier cossu du centre de Buenos Aires, elle fit répéter trois fois le mode d'explication de la conjugaison. La plus grosse des filles s'exclama : « C'est pas de sa faute, elle ne peut pas comprendre aussi vite que nous cette langue qui n'est pas faite pour elle. » Madame Yoshua, surprise, lui demanda où elle voulait en venir. C'est l'autre fille, la petite, qui murmura, en soulevant les épaules, poussée par la grosse qui l'encourageait du regard : « Vous savez bien quoi, c'est même pas la peine de le dire, il suffit de la regarder, elle ne parlera jamais français comme nous puisque c'est une youpine. »

Judith n'avait jamais entendu ce mot et ne comprit pas la réaction de Madame Yoshua, qui gifla chacune des filles et leur demanda de rentrer chez elles. Elles gloussèrent en rangeant leurs cartables, avant de claquer la porte en signe de protestation.

Madame Yoshua sortit du pain aux noix de son garde-manger et prépara un chocolat. Judith ne disait rien, ne mangeait pas, ne pouvait rien avaler.

Sa stupeur dura bien une demi-heure. Elle rentra à la maison.

Elle passa la nuit, le ventre dur comme du ciment, à tenter de calmer l'irrégularité de sa respiration. C'est le lendemain matin qu'elle parla à sa mère de ce qui s'était passé la veille. Ethel, d'abord, ne la crut pas et pensa que c'était un prétexte pour ne pas aller au cours de gymnastique. Judith éclata en sanglots qui la firent hoqueter. Ses mains tremblaient et elle avait du mal à respirer. Son corps entier était parcouru de spasmes. Ethel alla chercher une serviette qu'elle imbiba d'eau froide. Elle la posa sur son front et tenta de caresser ses bras et ses épaules. Comme un petit chat, Judith se recroquevilla et les sanglots s'espacèrent progressivement.

Elles décidèrent d'aller en parler toutes les deux à Madame Yoshua.

Elles attendirent longtemps avant d'oser sonner à la porte. Un cours avait déjà commencé. Par les fenêtres ouvertes, des chants à la tonalité assez grave se mélangeaient aux cris des oiseaux verts qui faisaient grappe dans le jacaranda en fleur, devant l'immeuble. À la pause, elles sonnèrent sans succès, puis durent frapper plusieurs fois avant que Madame Yoshua ne les entende dans ce brouhaha.

Dans la pièce principale, cinq vieilles dames, tout de noir vêtues, portant des bas épais et des chaussures montantes malgré la chaleur, papotaient debout autour du piano, des tasses de café à la main. L'appartement sentait le strudel aux pommes et des petites bougies disposées dans la bibliothèque renforçaient l'odeur de cannelle mélangée au musc.

Madame Yoshua leur fit signe de s'asseoir sans se mêler au groupe. Trois minutes plus tard, le cours reprenait. Regroupées sur deux rangs derrière Madame Yoshua, qui tenait une petite baguette de bois, les femmes entonnaient a capella ce chant yiddish qui commence par :

Vu is dos gesele, vu iz di shtib ?
Vu is dos meydele vos ikh hob lib
Do is dos gesele, do is di shtib,
Do is dos meydele vos ikh hob lib

Ethel n'en menait pas large. Tout d'un coup, avec ces chants, les souvenirs affluaient. Elle revoyait ses parents dans l'étroite salle à manger, debout, en habits de fête, devant la table dressée du shabbat. Son père regardait sa cousine – une veuve qui habitait l'étage du dessous et proposait ses services pour garder les enfants et laver la maison – et, avant que ne débute la prière, lui demandait si elle voulait commencer la cérémonie par sa chanson. Certaines fois, elle n'en avait pas la force. Sa voix se brisait, son regard s'embuait. Son père la conduisait à sa place, tirait sa chaise et appuyait longuement ses mains sur ses clavicules. Cela pouvait durer longtemps et personne ne parlait. Puis le père s'asseyait et rompait le pain.

C'était le temps d'avant.

Judith, qui était née en Argentine à l'aube des années cinquante, savait que sa mère, Ethel, avait vécu son adolescence et ses débuts de l'âge adulte en France pendant la Seconde Guerre mondiale. De la culture française, Ethel était imprégnée, sans même s'en apercevoir.

Judith, enfant, était loin de s'imaginer qu'un jour, elle aussi se rendrait en France pour y poursuivre des études et ne pas quitter son amoureux. C'est dans un amphithéâtre du Quartier latin, juste après 68, que je ferai sa connaissance et que je nouerai une amitié, forte et désespérée, avec elle.

Ethel avait un amour inconsidéré, quoique peu fondé, pour la France. Elle en était partie dans des circonstances tragiques et s'était promis de ne plus fouler le sol de ce pays qui l'avait tant maltraitée. En Argentine, elle mourrait. Dans le quartier de l'Alba, où elle savait qu'elle finirait ses jours, elle pensait à cette terre pour laquelle elle conservait une profonde nostalgie, peut-être parce que c'était là qu'elle avait éprouvé, pour la première fois, ce qu'est la solidarité.

Elle ne s'était pas rendu compte qu'à la naissance de Judith, elle lui chantait, non pas les berceuses yiddish que sa mère lui avait apprises, mais des chansons françaises qu'elle avait, sans le savoir, gardées en mémoire.

Dans le quartier où elle habitait depuis trente ans, personne ne parlait français et personne dans son entourage – ni la directrice de l'école où elle enseignait les mathématiques, ni son amie Lydia, amoureuse des plantes tropicales et botaniste de son métier – ne connaissait sa véritable histoire. Jamais elle ne parlait de son enfance polonaise et de cette longue traque qui l'avait menée jusqu'en France. Pourtant elle n'avait rien oublié.

Elle n'avait jamais connu le shtetl. Son père l'avait quitté sans regret, au début des années vingt, pour aller faire des études d'ingénieur électricien dans un département de l'université de Varsovie. Son rêve était de faire carrière dans l'aéronautique et d'entrer à l'école de pilotes. Son niveau scientifique – il ne savait pas pourquoi ni comment, mais, depuis sa petite enfance, tout calcul était pour lui d'une grande simplicité – lui aurait permis d'y prétendre. Mais la politique des quotas à l'encontre des juifs rendait cependant la perspective difficile. Il préféra finalement y renoncer et accepta de bon cœur de devenir un ouvrier qualifié. Cela lui permettait d'avoir un métier correctement payé, de pouvoir travailler en usine et de continuer à assouvir sa passion, qui remontait au début de son adolescence : être un militant syndicaliste.

De la montée de l'antisémitisme dans le milieu ouvrier, il ne parlait pas à la maison. Tout juste faisait-il quelques remarques à sa femme devant sa fille. Le père était un taiseux. Quand il parlait, c'était à voix si basse qu'Ethel devait s'accrocher à ses lèvres.

Elle se souvenait que, dès l'âge de six, sept ans, son père invitait des camarades à la maison. Les réunions se faisaient dans la cuisine. Dans sa chambre, le soir, elle en entendait des échos. Ils parlaient yiddish entre eux et Ethel reconnaissait certains mots sans comprendre la totalité des échanges. Ce qu'elle percevait, c'était l'imminence d'un danger qu'elle était bien incapable de nommer. Elle comprit aussi que le cocon familial était menacé. Un péril s'étendait et pouvait atteindre son père de plein fouet. Elle-même, en marchant dans les rues de Varsovie pour aller à l'école, s'étonnait d'être encore droite sur ses deux jambes. Comme si le sol pouvait se dérober à tout instant.

Puis son père est parti en voyage, sans dire quand il reviendrait.

Il avait d'abord fait un premier voyage à Paris, grâce au réseau de la MOI, le réseau de résistance, avec deux de ses amis. Son plan était de quitter la Pologne pour aller s'installer avec sa famille en Argentine. Paris n'était qu'une étape. Il avait vite compris les complications du voyage, l'argent qu'il devrait débourser et les visas qu'il faudrait obtenir. À l'organisation, il avait tu son désir de partir si loin et s'était inquiété de savoir s'il pourrait faire venir sa femme et sa fille à Paris. Elles furent inscrites sur des listes.

Lorsqu'il revint à Varsovie, la vie avait changé. Plus question de sortir de l'appartement. La mère d'Ethel lui faisait l'école. Elle perdait vite patience et sortait sa règle de bois dès que la petite avait un trou de mémoire. La cousine montait à l'heure de la sieste et lui lisait des poèmes de Baudelaire dans son gros livre illustré qui l'accompagnait partout.

Son père ne sortait que la nuit pour aller à des réunions dont il revenait épuisé, irrité, peu loquace. Elle l'entendait, à son retour, tard dans la soirée, parler avec sa mère. Il semblait de plus en plus inquiet et avait perdu le sommeil. La répression s'étendait et les arrestations se multipliaient. Ethel comprit que plusieurs des camarades de l'organisation avaient été arrêtés et qu'à tout instant, la police pouvait venir sonner à la porte. Son père alla consulter le rabbin pour savoir s'il l'autorisait, temporairement, à ne pas célébrer le shabbat. Il passait désormais son temps à tenter de réunir des papiers. Il y avait ceux qu'il avait obtenus en vue du premier voyage : certificats d'aptitude professionnelle, attestations de moralité précisant qu'il n'avait jamais commis d'infraction ni jamais mendié, mais il en manquait encore pour tenter de franchir la frontière.

Puis tout était allé très vite. Une nuit, son père était venu la réveiller. Dans la cuisine, trois hommes mangeaient du pain pendant que sa mère préparait du café. Elle aussi était habillée et avait mis son manteau.

Ils eurent droit à deux valises. La mère l'obligea à mettre son manteau fourré sur sa robe de laine noire. Elle noua son foulard autour du cou. Un convoi de trois voitures attendait au bas de l'immeuble. On leur intima l'ordre de prendre place sur la banquette arrière où se trouvait déjà une femme avec un petit garçon sur ses genoux.

Ils roulèrent longtemps dans les faubourgs de Varsovie comme s'ils s'étaient perdus. Tout était noir. Judith ne voyait que la masse de la voiture de devant sans pouvoir deviner si elle contenait des passagers. Ils se sont arrêtés face à ce qui semblait être un hangar. Devant, un groupe d'hommes et de femmes se distribuaient des paquets et des journaux. Son père a ouvert la portière. À l'intérieur, dans un coin du hangar, une vieille femme servait du café aux adultes et, aux enfants, du jus de réglisse dans des bols d'eau fumante. Aujourd'hui encore, elle se souvient de l'odeur et de la consistance de cette matière gluante qui s'infiltrait entre ses dents.

Puis on leur a demandé de sortir. Deux hommes se sont engouffrés dans la voiture de tête après avoir distribué des couvertures, en précisant qu'il faudrait les garder avec soi au moment de monter dans le train. Il devait être trois heures du matin lorsque le convoi s'est arrêté devant une gare au milieu de la forêt. Des dizaines de famille bivouaquaient à même le sol. On parlait plusieurs langues et l'atmosphère était plutôt joyeuse. Les familles étaient regroupées par bourgades. Des petits enfants dormaient dans les bras de vieilles dames. L'une d'elles chantait une berceuse. Les longues franges blanches de son châle s'agitaient tandis qu'elle battait la cadence.

Ils ont vu le jour se lever, puis la nuit engloutir de nouveau l'auvent en bois, sans apercevoir l'arrivée du moindre train.

Les hommes avaient installé des sortes de bâches en grosse toile, de chaque côté du quai, pour protéger du vent. La mère lui a ordonné de s'allonger à même le sol sur des cartons de fortune, puis lui a dit de fermer les yeux. Une petite fille, juste à côté, a délacé ses chaussures et, silencieusement, lui a fait un signe pour lui demander si elle pouvait poser sa tête sur son ventre. Elle n'a pas osé refuser. Cela l'empêchait de bouger. L'immobilité et la respiration bruyante et régulière de la petite l'ont conduite à lâcher prise. Au petit matin, l'enfant s'est réveillée en hurlant. Elle tournoyait sur elle-même en vociférant. Elle cherchait quelqu'un. Un monsieur âgé, vêtu d'un long manteau noir, l'a prise par la main après lui avoir caressé la nuque. Elle s'est laissé doucement tirer par le bras vers un autre groupe.

Des autobus sont arrivés. Les hommes de l'organisation ont fait l'appel. Des familles sont montées. Pourquoi elles ? Elles présentaient des papiers que les autres ne possédaient pas.

Le train est arrivé quatre jours plus tard. Ils n'avaient plus de vivres. Plus qu'une gourde d'eau et un demi-fromage. L'auvent, au fil du temps, était devenu de plus en plus silencieux. Plus de chansons, plus d'interpellations, plus de berceuses non plus. On parlait à voix basse. Personne ne se plaignait. Pas un cri de colère ni une demande d'explication. Ils attendaient. Ils ne savaient pas ce qu'ils attendaient mais ils avaient compris qu'ils ne reviendraient pas dans leurs maisons et qu'ils allaient changer de vie. Pour quelle vie ? Ils ne le savaient pas et ne voulaient pas y penser. Alors, en silence, ils patientaient.

La locomotive était en bois et ressemblait à un train postal sans aucun confort. Pas de compartiments, pas de banquettes, deux toilettes au milieu. Chacun s'est installé comme il pouvait. Tout le monde recherchait les coins pour tenter de se fabriquer un peu d'intimité. L'automne était, dans la journée, particulièrement doux. Tous étaient partis sans imaginer le froid de la nuit, pas plus que celui que provoquent la fatigue et le manque de sommeil. Les femmes étaient vêtues de longues jupes et de corsages en coton. Rares étaient celles qui avaient pensé à prendre leurs manteaux. Les hommes, pour la plupart, avaient revêtu leurs habits de fête. Quelques-uns tenaient à la main, comme leur bien le plus précieux, leur chapeau, que les enfants, souvent, tentaient d'attraper.

Le train roulait lentement et personne ne savait dans quelle direction il allait. Aucun d'entre eux n'a osé demander aux cinq hommes chargés de les faire monter la moindre explication.

Pendant les premières heures, les plus âgés se sont regroupés à l'avant du train, puis ils sont revenus pour rejoindre leur famille. Les places où l'on pouvait poser son dos et sa tête contre une paroi étaient les plus convoitées. Les coins aussi où, en recroquevillant le haut de son corps, on pouvait arriver, de temps en temps, à déplier ses jambes quelques instants. Peu d'enfants criaient, alors qu'ils ne trouvaient pas le sommeil. Ils passaient de bras en bras. Certaines femmes chantaient d'une voix étouffée pour ne pas déranger leurs voisins qui, les yeux à demi clos, semblaient somnoler.

Le vent de la nuit sifflait par le bas d'une vitre que personne n'avait réussi à fermer complètement. C'est cet air humide, de plus en plus glacé, tombant comme une écharpe d'acier, qui les a réveillés.

Le train était immobilisé en pleine forêt. L'aube se levait. Des hommes munis de listes sont remontés le long des wagons pour dire que personne ne devait descendre. Deux heures plus tard, la nouvelle s'est propagée : un chevreuil avait été trouvé sur la voie. Ils l'ont mis dans le fossé. Le chevreuil avait endommagé l'avant de la locomotive. Des paysans du village voisin sont venus aider à réparer les dégâts jusqu'à la tombée de la nuit.

Ils se sont endormis à quelques mètres des bêtes qu'ils ne pouvaient voir mais qu'ils entendaient bouger et, pour certaines, s'ébrouer sur l'épais lit de feuillage. C'était étrange, tous ces animaux réunis. Comme si cette grosse masse de bois leur semblait si intéressante qu'ils ne pouvaient s'en éloigner.

« La suite est floue », dit Ethel à sa fille. Elles venaient de quitter Madame Yoshua, qui avait promis qu'elle ne reprendrait pas ces deux gamines antisémites, et elles marchaient dans les rues de Buenos Aires pour aller au cinéma.

Quand je cherche à me rappeler ce qui s'est passé à ce moment-là, cela vient par fragments, puis ça repart sans que je sache pourquoi. C'est chaotique, discontinu, comme ces feux d'artifice à l'intérieur de la rétine qui surgissent en plein jour alors qu'on ne s'y attend pas. Avec le temps, les souvenirs se disloquent et les quelques images et sensations que je crois garder sont peut-être des reconstitutions de ma mémoire, qui me fait de plus en plus défaut.

Alors le fleuve, oui, après la marche. C'est mon père qui a décidé qu'il fallait quitter le train.

Deux familles nous ont suivis. Dans une clairière, un maréchal-ferrant nous a parlé dans une langue que nous ne comprenions pas. Nous avons hoché la tête. Dans son hangar, il est allé chercher des pommes et des noisettes qu'il a nouées dans un torchon, tendu à ma mère. Nous les avons dévorées. Puis nous sommes repartis. Mes chaussures collaient au sol spongieux et l'humidité montait dans mes jambes. À la sortie de la forêt, il a fallu choisir une direction. Mon père a finalement opté pour l'est, après des discussions houleuses avec les trois autres hommes de notre groupe.

Nous nous sommes retrouvés seuls. Le sol n'était plus plat. Au loin, nous apercevions une vallée. Ma mère me dit : « Bientôt on va pouvoir se reposer. » Nous avons vu d'abord des clôtures dans les champs, indices d'une présence humaine, et des vaches blanches, couchées dans les prés, qui nous regardaient. Puis nous avons dépassé un éboulis de pierres, au bas de grandes planches de bois qui maintenaient la terre sur la route. Celle-ci, tout d'un coup, bifurquait. En contrebas, nous discernions de petites maisons, alignées de chaque côté d'un ruban gris métallique, qui pouvait être un cours d'eau.

L'homme qui tenait le garage à l'entrée du village a détourné le regard. Une vieille femme, toute vêtue de noir, avec un fichu sur les cheveux, nous a croisés et a baissé la tête. Devant l'épicerie, ma mère m'a ordonné de la suivre. Elle a demandé à la jeune fille qui tenait la caisse où on pourrait dormir. La fille la regardait, suspendue à ses lèvres. Elle ne comprenait pas. J'ai mis mes deux mains sur la joue droite et j'ai balancé la tête pour mimer la question.

Deux heures plus tard, nous étions enfermés dans une grange en haut de laquelle avait été aménagé le fenil. Une minuscule fenêtre circulaire servait d'aération. De l'autre côté du plancher, on entendait les mugissements et les raclements de sabots des bêtes qui n'arrivaient pas à trouver le sommeil.

Nous sommes repartis à l'aube. Le ciel était rose et les prés mouillés d'une sorte de chrysalide qui renvoyait, par endroits, quand le soleil se découvrait, des rayons de couleur vers le ciel. Mon père a décidé de couper à travers champs et traçait un étroit chemin entre les herbes hautes. Il a heurté un nid de fauvettes qui se sont envolées en piaillant. Il faisait doux maintenant. Au sommet du plateau s'accrochaient des rangées de sapins. Il a fallu enlacer le tronc des arbres en s'écorchant les mains pour ne pas tomber.

Après, je ne sais plus. Je me souviens seulement de la sortie de la forêt et d'un village où nous avons retrouvé d'autres réfugiés qui attendaient de passer un bac. « Notre destin dépend du passeur », a dit mon père. Il a ajouté : « J'ai l'argent nécessaire ; il faut nous préparer. »

La barque, la nuit. Ils m'avaient fait allonger à l'avant, la tête enfournée sous la pointe. Au milieu du gué, la barque s'est immobilisée en se déséquilibrant. Je restais sans bouger, le ventre à même les lattes. Je fermais les yeux. J'étais une souche qui dérivait, heurtée par des racines et des masses de joncs. Ça raclait, obstruait. Nous avons abordé sur une petite île de sable couverte de roseaux que les hommes ont coupés pour tenter d'atteindre un petit monticule. Arrivés au sommet, nous avons vu l'autre rive. Un feu et des lampes-torches trouaient la nuit. « Là-bas, m'a dit mon père, le *mektel* nous attend. »

Nous avons fait naufrage. Heureusement, il y avait peu d'eau et nous avons pu atteindre la rive en nous agrippant à la barque. Le passeur, avec ses camarades, nous encourageait de la voix. Nous avions laissé le sac dans l'embarcation. Mon père avait mis les billets dans sa casquette. Il les a donnés au passeur, n'en gardant que deux qu'il a fourrés dans sa poche. Puis il lui a demandé quel chemin il nous conseillait pour parvenir jusqu'à la frontière française. Sur un bout de papier, le passeur a noté les noms des villages qu'il fallait traverser. « C'est encore loin », a-t-il ajouté.

Après la forêt, les routes à pied avec d'autres réfugiés. Un homme nous a indiqué qu'il existait, un peu plus loin, un refuge où nous pourrions nous reposer. On ne nous a rien demandé à notre arrivée, juste nos noms, et nous avons eu un lit, un seul lit pour nous trois, mais un lit enfin… Je crois me souvenir que nous sommes restés au moins deux semaines dans cette bourgade. Mon père rencontrait au café un de ses compatriotes qui lui promettait chaque jour de le mettre en rapport avec un homme, grâce à qui nous pourrions passer la frontière. Il revenait le soir dans la chambre commune où nous campions, tous trois installés autour du lit de fer, près d'une fenêtre qui s'ouvrait chaque fois que le vent soufflait. La nuit, nous nous installions vaille que vaille et nous utilisions nos manteaux comme couvertures. Je possédais encore mon foulard fleuri. Je l'avais tellement serré et tordu, qu'il était devenu une boule de tissu informe, petit boa jaune dont je mettais l'extrémité dans ma bouche, en m'endormant, pour qu'il absorbe ma salive et quelquefois mes larmes.

Un soir comme un autre, mon père est revenu très agité. Il nous a demandé de l'aider à installer un drap devant le lit pour nous isoler des autres familles. Il a enlevé ses chaussures, ôté deux couches de semelles, sorti des billets, remis les semelles, lacé ses chaussures. Ma mère a ficelé un petit paquet de vivres qui lui restaient, pris son sac à main. Ils se sont levés et m'ont fait signe de les suivre. Silencieusement, nous avons traversé la grande salle éclairée sans saluer quiconque ; nous avons franchi le hall où sommeillaient, allongés sur des banquettes crevées, trois vieillards. De leurs visages, je me souviens encore. Des visages émaciés. Un regard fixe, interrogatif.

Mon père a ouvert la porte vitrée. Dehors, une neige très fine, avec des flocons semblables à de minuscules perles, tombait en oblique. Il nous a présentés au passeur, à qui il a donné la liasse de zlotys.

Deuxième partie

La perception de l'existence

Florence

Lors des absences de son père, Florence avait pris goût à l'école buissonnière. En s'y adonnant, elle ne cherchait pas à faire preuve d'originalité. Elle se comportait plutôt en suiveuse, tant ce sport était facile et pratiqué sans risque par plusieurs de ses camarades. Dans cette école, les absences n'étaient pas signalées et les professeurs se livraient eux aussi à l'absentéisme pendant de longues périodes sans être inquiétés et a fortiori remplacés. Florence, quand elle séchait ses cours, n'avait pas l'impression de mettre en péril sa scolarité.

Dans cette bande d'adolescents à laquelle – après bien des approches discrètes, accompagnées de petits signes de ralliement vestimentaires – elle avait réussi finalement à s'intégrer, elle avait trouvé un substitut de famille auprès du garçon le plus âgé qui habitait la commune voisine, un dénommé François, qui se faisait appeler Frankie. Il avait été exclu du lycée après de sales histoires qu'il ne voulait pas raconter et passait ses fins de journée à rôder près des deux lycées, celui des garçons et celui des filles, qui se faisaient face. Jusqu'à cinq heures, il travaillait chez un carrossier et avait toujours sur lui des petites coupures qu'il distribuait à ses camarades, comme un père soucieux de l'amour et du respect que devraient lui porter ses enfants. Il avait beaucoup insisté pour que Florence accepte son argent. Il lui avait fourré, en rigolant, deux billets dans son soutien-gorge. Elle s'était débattue. Les billets étaient tombés. Après avoir hésité, elle les avait finalement ramassés.

Elle avait dépensé son premier billet dans une grande surface en achetant du vernis à ongles et du mascara noir qui mettait en valeur ses yeux bleu-violet. Florence avait une manière singulière de planter son regard dans le vôtre. On hésitait. Etait-ce de l'innocence ou de la cruauté ? On ne savait pas au juste si elle était en demande de protection ou, au contraire, si elle réclamait des comptes. Elle-même ne savait pas très bien à quoi s'en tenir et comment se comporter avec les autres. Cette indécision permanente et cette instabilité constituaient, en vérité, une partie de son charme, dont elle usait et abusait.

À la rentrée scolaire de l'année suivante, il lui fallut intégrer le lycée technique. Son père avait eu beau supplier la directrice du collège et expliquer qu'il veillerait désormais sur sa fille, qu'il « la prendrait en main » – selon son expression – la directrice ne remit pas en cause l'avis du conseil de classe, qui avait voté pour l'exclusion. Le professeur de français avait été le seul à plaider le redoublement, dans le but de lui éviter ce qu'on appelait alors pudiquement la filière courte.

Ce n'était pas un drame pour elle, mais c'était un désaveu pour le père qui prit soudain ses responsabilités. Il devint un père au foyer. Pour la cadette, plus tard, ce serait une chance. Pour Florence, c'était trop tard. Dans sa tête, elle était déjà partie. Loin. Très loin.

Les filles, à l'époque, étaient encore assez peu scolarisées dans l'enseignement secondaire. La plupart de ses camarades allaient quitter le lycée pour faire un CAP. Celui d'esthéticienne était le plus convoité. Celles dont les parents avaient le plus de moyens se projetaient dans un avenir de secrétaire de direction et non de sténo-dactylo, comme leur propre mère. Les plus affranchies se voyaient bien hôtesses de l'air, au moins jusqu'à trente ans. Après, on verrait bien. Il serait toujours temps d'arrêter la bamboula pour se marier et élever les enfants.

La mère de Florence, elle, s'était progressivement retirée dans une contrée lointaine, qu'elle évoquait par bribes à ses filles, qui n'y avaient cependant pas accès. Elle leur parlait du paysage où elle vivait – une étendue de sable éclairée par un soleil blanchâtre – et où le corps devenait toujours plus grand et souple en marchant. Elle prétendait que nul être vivant – à l'exception d'une petite caravane d'animaux, dont un buffle, trois colombes, et un boa constrictor – n'avait la cage thoracique assez développée pour pouvoir y respirer. Elle était donc la seule à pouvoir parcourir, dans cette moiteur délétère, de longues distances pour enfin parvenir à son but : l'ombre d'un grand fromager. Elle racontait qu'elle calait sa nuque sur l'une des racines qui sortaient du sol, qu'elle comparait aux veines du cou qui surgissent dans les accès de colère. Après quoi, elle s'assoupissait, avant de revenir vers ses filles en ouvrant progressivement les yeux.

Elle avait toujours ce sourire douloureux qui lui faisait contracter les mâchoires. Il fallait l'aider, au moment des repas, à entrouvrir la bouche, cette bouche si lourde, dont elle disait qu'il lui sortait sans cesse des cailloux, qui lui tombaient sur les pieds sans lui faire mal. Elle respirait plus lentement et se levait en traînant son corps.

Elle disparaissait du domicile à l'improviste. Plus tard, quand le père la retrouvait, elle s'excusait en racontant une histoire. Toujours la même avec seulement quelques variations.

Elle disait qu'elle avait été capturée, puis relâchée, par des inconnus qui en voulaient à son argent. Ou alors, quand ses filles l'apercevaient dehors, non loin du domicile, sans son sac, pieds nus, grelottante de froid, elle racontait qu'elle était tombée dans la rue juste derrière la maison, qu'elle avait glissé, perdu ses chaussures, et qu'elle avait été obligée de s'allonger pour freiner le vertige qui s'était emparé d'elle. Quand ses filles la ramenaient elle se laissait glisser dans une torpeur dont il était très difficile de la sortir. Elle se réfugiait dans de longs silences et, après s'être assise, elle mettait ses deux bras sur ses oreilles, laissait d'abord tomber sa tête, puis son corps tout entier entre ses cuisses, avant d'accuser leur père de l'enfermer à la maison.

Elle répétait ce mot *enfermer*.

Il n'avait jamais fermé une porte à clef et avait refusé ce que le psychiatre avait conseillé : mettre une serrure à la porte d'entrée. Elle avait accepté, en revanche, de coudre, à l'intérieur de son manteau, un papier plastifié avec son nom et son adresse.

De fait, elle sortait quand elle le voulait. Ou plutôt, elle ne pouvait pas faire autrement que de s'élancer dans la ville, telle une guerrière, avec une force physique qui l'impressionnait elle-même et qui lui permettait de marcher vite sans jamais être fatiguée. Quiconque aurait tenté de la suivre aurait été découragé : ignorant les feux, elle traversait les grands boulevards sans regarder, entrait dans des magasins d'objets touristiques. Elle allait souvent dans le quartier de la rue Saint-Honoré. Elle prenait dans ses mains les petites boules transparentes pour faire tomber la neige sur la tour Eiffel, essayait des lunettes de soleil bleues et orange, se drapait le cou avec des foulards de couleur où était inscrit *I Love Paris*. Elle pouvait rester deux ou trois heures ainsi, dans les magasins, à s'emparer fébrilement de tous les objets, sous l'œil inquiet, puis exaspéré, des vendeurs. Elle finissait par dire au revoir en souriant et en agitant le bras comme une petite fille.

Un jour, la police a appelé à la maison. Elle avait été retrouvée de l'autre côté de la grille du parc – pourtant très haute – qu'elle avait dû enjamber, on ne sait comment, en pleine nuit. Elle s'en était tirée avec une fracture de la cheville compliquée qu'il avait fallu réopérer. Elle se sentait prisonnière. Cette immobilisation forcée, qui s'éternisait, avait contraint chacun à modifier ses habitudes. Le père rentrait plus tôt du bureau. Souvent, sa femme divaguait – c'était le mot qu'il utilisait pour désigner les histoires incohérentes qu'elle racontait – mais cela ne l'inquiétait pas trop. Il en avait pris son parti, devenant, au fil du temps, une sorte de grand frère protecteur. Il avait définitivement renoncé à toute idée de plaisir charnel avec elle. Ils ne dormaient plus ensemble depuis plus de deux ans. Il faisait preuve à son égard d'une infinie douceur et s'occupait d'elle. Ses mains, comme des ailes de papillon, la guidaient jusqu'à la salle de bains. À chaque repas, qu'il préparait, il s'asseyait en face d'elle en lui faisant la conversation comme si elle était une interlocutrice à part entière.

Petit à petit, il avait largué les amarres. Il avait perdu la notion du temps, des responsabilités, la conscience de son équipe, le sens des objectifs, des points d'avancement, des bénéfices nets, des cotations boursières. Il ne faisait plus que des apparitions fugaces à son bureau, préférant la compagnie de cette femme fantasque. Il l'admirait, au fond, parce qu'elle savait assouvir ses instincts avec une sauvagerie sans calcul.

Désormais, il flottait avec elle.

Le père fermait les yeux quand il ne trouvait plus deux ou trois billets dans son portefeuille. Il n'avait pas non plus réagi lorsque Florence, un soir, après avoir maquillé les paupières de sa petite sœur et rosi ses lèvres, était sortie sans autorisation ni explication. Par la fenêtre, il les avait vues monter la rue déserte vers la zone éclairée de la ville. Ce sont elles qui l'avaient réveillé, le lendemain matin, en faisant des bruits de Sioux et en tapant des mains autour de son lit.

Il dormait de plus en plus et s'enfonçait le jour dans une torpeur bienveillante qui ralentissait tous ses mouvements et ne l'incitait pas à vouloir changer le cours des choses.

Un après-midi, il reçut un coup de téléphone d'un homme qui se disait inspecteur de sécurité d'un grand magasin. Il lui demandait de venir de toute urgence. « Vos deux filles sont dans mon bureau et si vous ne payez pas dans l'heure, je les livre à la police », menaçait-il. Le père s'était habillé lentement. Cela faisait des mois qu'il ne quittait pas sa robe de chambre. Après bien des hésitations, il trouva finalement, au dernier étage du magasin, juste derrière les livraisons, les bureaux de l'administration. Florence avait volé deux tubes de rouge à lèvres et un rasoir en métal. Elle avait refusé de donner son nom et son adresse. Sa sœur, qui lui avait servi de complice, avait finalement craqué et donné le numéro de téléphone de la maison. Leur père n'a demandé aucune explication à l'homme qui voulait le submerger de détails et employait un vocabulaire moralisateur. Il a sorti les billets, s'est retenu de ne pas l'insulter, lui a quand même dit qu'il avait abusé de son autorité, avant de lui tourner le dos en claquant la porte.

De retour à la maison, il ne raconta rien à leur mère. Et, avec les filles, il ne fut plus question de l'incident. C'était comme si rien ne s'était passé.

C'était un effet de balancier. Plus le père se vivait comme le prince de ce petit cocon familial qu'il ne quittait qu'à de très rares occasions, plus la mère, qui suivait un traitement et voyait une psychologue depuis deux ans, s'enhardissait à sortir. Elle avait soif du dehors, de la vie du monde : elle écoutait de plus en plus la radio, suppliait son mari d'acheter la télévision et s'était abonnée à plusieurs magazines féminins. Elle découpait les patrons des robes qu'elle se confectionnait et lisait tout ce qui concernait l'astrologie. Elle croyait dur comme fer à son signe. L'horoscope prévoyait une année de bonheur.

Cela lui suffisait.

Elle allait s'en tirer.

Un soir, la mère est sortie. Elle allait retrouver, disait-elle, une de ses anciennes collègues de travail. Celle-ci avait suivi son mari, qui avait quitté la grande banlieue pour cause de mutation. Elle se cherchait un nouveau travail et avait besoin de tuyaux. Comme si la mère pouvait donner des tuyaux, elle qui ne connaissait personne. Florence le pensa très fort, son père sans doute aussi. Mais aucun d'entre eux ne fit de commentaires.

Le jour tombait vite. Sa mère était partie dans la nuit. Florence avait soulevé le rideau qui donnait sur la fin de la rue en pente, juste avant le virage. Elle vit sa mère marcher en virevoltant comme si elle dansait. De loin, sous la lumière un peu bleutée des réverbères, à cet endroit très dégagé, avec son trench-coat près du corps, ses escarpins rouges, on aurait dit qu'elle glissait. Elle maîtrisait l'espace, le vent aussi, dont elle se jouait. Elle était comme le sosie de Françoise Dorléac.

Elle est revenue le lendemain matin, toute décoiffée. Le père a préparé le petit déjeuner. Elle avait faim, mais pas envie de parler. Le père n'a rien demandé. Elle est partie dans sa chambre. Ne faites pas de bruit, je dois me reposer. Le jour s'est écoulé. Le soir,

Florence a vu que son père ne s'était pas habillé. Il a allumé la radio, mis le couvert, ouvert la fenêtre. Le vent de la nuit soufflait fort.

La mère est sortie de la chambre. Elle portait une robe noire assez moulante surtout au niveau des hanches, des bas en soie avec une ligne plus foncée, comme une couture, à l'arrière. Elle avait remonté ses cheveux en une sorte de chignon, qui menaçait de s'écrouler dès qu'elle bougeait la tête, et d'où tombaient des mèches qui encadraient son regard. Sa bouche était rouge sang et son sourire éclatant.

« Je sors ce soir. Surtout, ne m'attendez pas. »

À seize ans, Florence en paraissait vingt. Avec ses lèvres ourlées, ses joues rebondies, cette manière qu'elle avait de rougir très vite et de baisser les yeux dès qu'on la regardait, elle attirait les garçons sans le vouloir. Pourtant, elle se trouvait trop petite, trop grosse, trop disproportionnée, trop tout. Elle plaisait surtout aux plus vieux, ceux de terminale, qui stationnaient devant les grilles, à la sortie du lycée technique de filles, situé en face du leur. Ils se postaient en embuscade, juste derrière la guérite de la gardienne, pour la siffler et la houspiller. Les compliments pleuvaient, quelquefois à la limite de l'insulte salace.

Si elle les aguichait, c'est qu'elle voulait se faire remarquer. Pour eux, Florence était donc responsable de ces regards insistants sur sa poitrine, sa taille, ses chevilles. Les jambes, elle ne les montrait pas. Trop épaisses. « Des troncs », lui avait gentiment dit sa mère, au début de l'adolescence. « Décidément, tu as hérité de ton père, quand tu seras grande il faudra que tu les caches. » De toute façon, elle se sentait épaisse de partout, des bras, des cuisses... Surtout, sa poitrine, qui avait surgi en l'espace de cinq mois, à l'âge où elle jouait encore à la poupée, la handicapait.

Sa mère avait quitté le domicile conjugal un beau matin en annonçant qu'elle partait à la montagne refaire sa vie. Elle reviendrait les chercher pour l'été. D'ici là, qu'elles ne s'inquiètent pas pour elle. Les filles l'avaient d'autant moins crue que, la veille, ils avaient dîné tous les quatre tranquillement à la maison en évoquant l'hypothèse d'un voyage en Espagne pour les vacances de Pâques. Leur père avait précisé qu'on pousserait jusqu'à Séville en faisant des haltes. L'important était d'arriver à temps pour les cérémonies dans la rue. Il se souvenait de l'odeur des orangers à cette période, qui parfumait même la nuit. « Là-bas, on ne s'endort qu'après minuit. » Les filles avaient applaudi.

Quand elles étaient rentrées de l'école, à la fin de l'après-midi, le père se tenait debout dans la cuisine, l'air hébété. Il venait de trouver le mot où leur mère lui disait adieu. Il ouvrait puis refermait les bras en les regardant droit dans les yeux. Il n'arrivait pas à articuler un traître mot. Il a préparé le dîner et allumé la télévision pour faire diversion. Aucun des trois ne s'est adressé la parole pendant le repas. Puis ils sont partis se coucher. Seul leur père versait des larmes.

Petit à petit, ils ont trouvé une manière de respirer, de vivre ensemble sans trop se parler. Ils ont inventé une façon de se tolérer. À la maison, on ne se regardait guère. On ne se faisait pas de confidence non plus, mais on se respectait.

Étrange trio de taiseux.

En apparence, la disparition de sa mère n'avait guère affecté la personnalité de Florence. Considérée comme une minaudière par certaines de ses copines, comme une allumeuse par la plupart des garçons, sans en être consciente, elle avait dû lâcher prise. Elle continuait à donner le change et à faire attention à être toujours pimpante et souriante. Mais dès qu'elle mettait le pied par terre, le matin, la tête lui tournait et elle se sentait dans un état permanent de déséquilibre, auquel elle s'offrait au lieu de s'y opposer. Elle ressentait une sensation de vertige qui se prolongeait dans une sorte de brume dans laquelle elle évoluait avec une certaine grâce et beaucoup de plaisir jusqu'en fin de soirée.

Like a rolling stone.

Elle passait en boucle la chanson en fermant les volets de sa chambre, tirait les rideaux. Elle aveuglait ensuite le grand miroir posé par terre, à côté de la commode, enlevait tous les colifichets qu'elle y avait accrochés – boucles d'oreilles en plume d'oiseau, porte-bonheur en similicuir avec inscrit en noir *Venezia*, long collier en perles de verre que lui avait donné sa grand-mère, scoubidous confectionnés par sa sœur – et s'emparait de son grand foulard jaune qu'elle faisait tournoyer au son de la musique comme une dresseuse d'aigles.

La tête lui tournait. Peu importait. Elle vacillait. Alors, elle s'allongeait, réécoutait le vinyle sans bouger et le remettait en plaquant son foulard sur ses yeux comme un bandeau. Elle commençait à tourbillonner lentement en étendant les bras. Les pieds, au début, frappaient la cadence, puis, quand le vertige s'emparait d'elle presque au point de la faire tomber, elle ralentissait le rythme. Au bout d'une heure, elle s'écroulait et, sans rallumer la lumière, tout habillée, elle se couchait et tentait de trouver le sommeil.

Le voyage en Corse n'avait rien arrangé. Elle se sentait de plus en plus fragilisée.

À son retour, elle retrouva ses camarades, plus particulièrement Dani. Le soir où il lui expliqua que, pour savoir écouter Jimi Hendrix, il fallait s'allonger dans le noir et fumer deux cigarettes qu'il avait roulées, fut un moment de grâce. Dani était son frère de cœur. Il ne l'avait jamais sifflée à la sortie des cours et lui avait offert son premier livre, *L'Écume des jours*. Le samedi soir suivant, il l'invita chez lui, dans sa chambre aménagée derrière le café de son père. Il n'y avait pas de lit, mais un matelas posé au sol, des piles de disques, une collection de polars, et de toutes petites bougies réparties autour de ce qui tenait lieu à la fois de divan, de lit, et de lieu de méditation.

À la première bouffée, alors qu'elle était assise le dos contre le mur, elle sentit sa cage thoracique s'ouvrir, ses bras s'allonger, sa respiration s'amplifier. Un sentiment de calme l'envahissait, qui éloignait l'angoisse provoquée par la disparition de sa mère. Elle éprouvait une sensation de perte de contrôle délicieuse, celle-là même qu'elle cherchait en dansant jusqu'à l'étourdissement.

Là, ça durait. Ça s'installait. Ça s'agrandissait.

Florence planait.

Suzanne

C'est à la pause – on ne disait plus récréation depuis la seconde – que je l'ai aperçue de loin, sur la deuxième terrasse, à l'endroit où un cep de vigne s'accrochait aux tuteurs métalliques pour faire une petite tonnelle. À l'ombre, donc, elle se tenait, en ce début d'octobre, où l'air était plus brûlant et plus moite qu'en juillet. Elle était immobile, les yeux baissés, la blouse bleue attachée jusqu'à la naissance du cou, comme le voulait le règlement.

Elle était maigre, presque chétive. Elle donnait l'impression de flotter dans ses vêtements, sous l'uniforme. Elle avait la peau blanche, très blanche, avec des taches de rousseur sur les ailes du nez et une tignasse qu'elle essayait de domestiquer en queue-de-cheval maintenue par des élastiques et des barrettes. Manifestement, elle se moquait de son apparence et ne devait pas se regarder longtemps devant la glace le matin.

Elle portait aux pieds des sortes de godillots, genre chaussures de montagne, un peu usés, qu'elle ne laçait pas jusqu'au bout, et des chaussettes tricotées main, qui lui couvraient les chevilles en laissant la peau découverte jusqu'aux genoux.

J'ai fait semblant de ne pas la voir, tout en me rapprochant d'elle. Je débarquais dans cette ville inconnue et ne connaissais personne dans ce lycée de filles. Je venais de loin, d'un autre continent, l'Afrique, où j'avais passé mon enfance et mon adolescence et je découvrais la France. Je ne possédais pas les codes, les manières de parler, d'apprivoiser une communauté pour m'y dissoudre. C'était cela que je souhaitais ardemment apprendre au plus vite, l'art de disparaître.

C'est sans doute sa solitude qui m'a attirée, cette façon qu'elle avait, dans le grand préau de ce lycée du XIXe siècle où les espaces de rencontre étaient saturés par le brouhaha des filles agglutinées, de se mettre en dehors pour poursuivre ce qu'elle avait envie de vivre et non ce qui lui était demandé.

Elle portait des lunettes qui lui tombaient sur l'arête du nez et qu'elle remontait mécaniquement, tout en maintenant le livre loin devant elle, les bras tendus vers le soleil, ce qui accentuait la blancheur des deux pages ouvertes. Elle n'a pas interrompu sa lecture au moment de la sonnerie et a profité des quelques minutes qui précèdent la formation des rangs pour continuer de lire.

Le lendemain, Suzanne était au même poste. Elle ressemblait à un marin sur le pont d'un navire, occupé à fixer la ligne d'horizon.

C'est moi qui l'ai abordée. Je n'en menais pas large, mais j'étais si désireuse de connaître le nom de l'auteur et le titre du livre qui la captivait tant, que j'ai réussi à briser ce cercle qu'elle fermait autour d'elle. Elle a levé les yeux tout doucement. Elle avait des yeux bleus très foncés, de longs cils et des sourcils broussailleux qu'elle n'avait jamais dû épiler. D'une voix enrouée et grave, elle m'a dit : Je lis *Les Nourritures terrestres* d'André Gide, tu connais ?

Elle m'a tendu le livre. Le jour suivant, nous déclamions, sur la terrasse, à l'heure de midi :
ELLE
J'avais besoin d'un poumon m'a dit l'arbre : alors ma sève est devenue feuille, afin d'y pouvoir respirer. Puis quand j'eus respiré, ma feuille est tombée, et je n'en suis pas mort. Mon fruit contient toute ma pensée sur la vie.
MOI
Nathanaël, je ne crois plus au péché.
Mais tu comprendras que ce n'est qu'avec beaucoup de joie qu'un droit à la pensée s'achète. L'homme qui se dit heureux et qui pense, celui-là sera appelé vraiment fort.

Dix jours plus tard elle me donnait le livre.

Aux vacances de Pâques, Suzanne m'invita chez sa mère. Elle avait déménagé en Lozère et habitait alors dans la banlieue de Mende, au quatrième étage d'un immeuble, dans un quartier qu'on appelait Les Barres, sans doute à cause de l'accumulation de blocs d'habitat, posés sur le sol de biais, avec très peu d'espace entre chaque immeuble.

C'était un trois-pièces que sa mère avait réussi à rendre agréable. Elle était revenue à l'hôpital public et se trouvait astreinte à des horaires assez lourds. Son niveau de vie avait baissé. Son salaire était fixe mais moins important que dans sa vie d'avant, lorsqu'elle travaillait, de jour comme de nuit, à la demande des patients. De plus, elle avait désormais à sa charge sa mère qui vivait dans une maison de retraite toute proche et devait aussi payer, chaque mois, les frais de scolarité du pensionnat de sa fille. Son budget était serré, mais elle ne se plaignait pas.

Elle était devenue une femme de devoir. Il était derrière elle, le temps où elle était une amante éperdue, occupée à rechercher dans le passé les moments où elle faisait corps avec elle-même, dans l'oblation de ce fol amour. Elle avait maintenant la quarantaine et estimait qu'elle n'avait plus à penser à son apparence ni à l'effet qu'elle pouvait produire. Au contraire, elle recherchait le neutre, l'indistinct, le banal. Elle avait les cheveux jusqu'aux reins, même si elle ne les lâchait jamais dans la journée et en faisait des coques nattées qu'elle relevait de chaque côté. Elle décida de les couper. Elle avait beaucoup maigri sans l'avoir décidé. C'était comme si son désir secret de ne plus avoir de hanches ni de seins s'était réalisé, sans qu'elle fasse un effort particulier.

Elle portait des robes-sacs – on les appelait ainsi dans certains magazines féminins – avec manches. La seule coquetterie qu'elle s'autorisait était une petite dentelle qui mettait en valeur ses poignets et ses mains, si longues et si belles, à la peau si fine, qu'on voyait en transparence tout son système veineux. À la place de l'alliance, elle portait une améthyste avec, aux quatre coins, de minuscules barrettes d'or.

Pas de doute, elle avait de la classe. Je l'admirais. Je devais trop la regarder quand elle rentrait le soir et s'agitait pour préparer le dîner. Suzanne ne disait rien, mais je voyais bien que cela l'agaçait.

Nous passions nos journées dans sa chambre. C'est l'âge où l'on met un point d'honneur à se réveiller tard. On a l'impression que le monde vous appartient si on s'endort au cœur de la nuit et qu'on émerge du brouillard vers dix heures du matin. Pas de matinée, dans ces conditions. On traînait. On faisait des plans sur la comète. On rêvait de partir. Et dans la tête, toujours, l'obsession de Nathanaël :

Il ne me suffit pas de LIRE que les sables des plages sont doux : je veux que mes pieds nus le sentent...

Toute connaissance que n'a pas précédée une sensation m'est inutile.

Nous nous sommes retrouvées à Barcelone après un long périple. Suzanne venait de terminer un petit boulot de standardiste dans une clinique où sa mère connaissait des collègues. Au bout de trois mois, elle avait réussi à accumuler un petit pécule, juste de quoi prendre le train de nuit jusqu'à Cerbère avant de faire du stop.

J'étais encore vendeuse de chaussures dans un magasin du Quartier latin quand Suzanne a décidé de me devancer. Je vivais un enfer dans cette petite boutique du bas du boulevard Saint-Michel, dirigée par une patronne qui, avec ses deux employées, usera d'abord de rouerie puis de perversité. Malgré son emplacement, la boutique était, curieusement, peu fréquentée. Les clients habituels étaient partis en vacances et les touristes n'y entraient pas. Pour m'occuper, elle m'avait confié une tâche délicate : je devais ouvrir chaque boîte de chaussures, vérifier la pointure et l'inscrire sur le carton après l'avoir refermé. Elle m'avait ordonné de commencer par le haut. Je passais donc mes journées en déséquilibre sur une échelle pas très stable, dont certains barreaux étaient usés, et qui n'était pas assez haute. Je tendais les bras à l'aveugle pour tenter de saisir, sans les faire tomber, des boîtes anciennes, recouvertes de poussière. Ça glissait, ça s'écroulait. La patronne aux ongles vernis, derrière son comptoir, regardait sa montre ostensiblement ou levait les yeux au ciel devant tant de maladresse.

Quand un client débarquait par mégarde dans son royaume, elle demandait à ses deux assistantes – c'est ainsi qu'elle nous nommait dans les grandes occasions – de déballer tous les modèles, en dépit des protestations du client gêné devant tant d'amabilité.

Au bout de deux mois j'étais devenue une délaceuse professionnelle de chaussures masculines, ainsi qu'une experte de la voûte plantaire.

Le dernier jour, elle n'a pas voulu me payer la totalité de mes heures, sous prétexte qu'elle n'avait pas pu faire son chiffre d'affaires. Elle m'assura qu'elle me donnerait le complément en espèces à la rentrée.

Je l'ai quittée en prenant soin de faire claquer fort la porte du magasin et, sans attendre, je suis partie à la banque changer les petites coupures en pesetas.

Barcelone, à six heures du matin, est une ville déserte. Pas un café ouvert, sauf ceux, proches de la gare, qui ne ferment jamais, peuplés de *borrachos* bruyants et indécents, qui n'ont toujours pas pris conscience que la nuit était finie.

J'avais égaré l'adresse de la fille du lycée qui avait proposé de nous héberger, le temps de trouver une solution, dans le studio qui appartenait à sa cousine. J'ai dérivé de café en café, traînant mon sac à dos, qui me sciait les omoplates. Je commençais à paniquer et me demandais s'il ne fallait pas chercher de nouveau un petit job pour me payer le voyage de retour le plus vite possible. Ce n'est que vers cinq heures de l'après-midi que j'ai entendu, dans un café, des jeunes parler français. Ils connaissaient la fille du studio et m'ont emmenée, par des dédales de ruelles de plus en plus étroites, dans le quartier des remparts.

La fille habitait le *barrio* des quartiers chauds. L'immeuble semblait à l'abandon. Elle avait aménagé, au dernier étage, une sorte de grenier. Un vasistas, situé au-dessus du lit, donnait sur une soupente. Il fallait escalader la commode, avoir de la force dans les bras, ouvrir au maximum le vasistas pour parvenir à l'étage supérieur où une pièce nous était réservée.

Elle était habituée et a réussi du premier coup. Il m'a fallu recommencer cinq fois avant de poser enfin le pied dans notre minuscule royaume, composé d'un lit à même le sol et d'un fauteuil en rotin.

Suzanne m'attendait. Elle était couchée, à moitié endormie. Elle est allée prendre une douche avant de me faire la fête. Elle a sorti une bouteille de mousseux du frigidaire, m'a demandé de regarder le ciel encore si bleu à dix heures du soir. Puis, d'un coup de reins, elle a hissé son buste à la hauteur de l'ouverture, s'est rétablie sur la crête du toit, m'a tendu les bras. Je me suis éraflé les coudes. Après quoi, tels des équilibristes, nous avons commencé un périple entre les toits avant d'arriver à l'endroit qu'elle s'était choisi pour passer une partie de ses nuits. Assises bien droites sur l'arête de la toiture, les pieds fortement appuyés sur les tuiles pour ne pas être entraînées par la déclivité, nous avons regardé les lumières de la ville. « La mer n'est pas loin, a dit Suzanne. Je t'emmènerai demain. »

L'autobus nous a conduites dans un paysage de friches industrielles, proche de la mer, avant de rentrer dans les terres. Le chauffeur s'est arrêté en pleine campagne. D'après lui, il suffisait de marcher pour trouver la plage. Nous avions trop bu la veille. Je ne me souvenais même pas du moment où j'avais sombré dans le sommeil. Je savais seulement que je m'étais endormie tout habillée sans aller me laver, de peur de tomber, en redescendant, dans le studio de la voisine. Mes cheveux me tiraient, mon bermuda, trop neuf, me sciait l'entrejambe, j'avais la peau toute sèche, craquelée, légèrement rosie. Le soleil tapait fort. Nous marchions silencieusement depuis longtemps. Pas de plage en vue. Aux raffineries succédaient des bâtiments en contre-plaqué, des hangars entourés de fil de fer barbelé. Par moments des plaques de sable gris, entre deux constructions, nous faisaient espérer que, oui, la mer c'était plus loin, là devant.

Judith

Judith, depuis l'incident, avait pris en horreur l'idée d'être avec d'autres filles du même âge. Elle avait supplié sa mère de ne plus aller à l'école. Celle-ci avait refusé. En Argentine, à l'aube des années soixante, existaient, dans la capitale, des cours privés avec des classes de petit effectif et des organismes de cours par correspondance. Ils n'étaient pas, cependant, aussi réputés que les lycées d'État. Judith avait promis de beaucoup travailler pour réaliser le rêve de sa mère : entrer à l'université.

Comme beaucoup de filles à cet âge de la puberté, elle se sentait grosse. Elle avait un cou trop large, les hanches trop enrobées. Elle pouvait, pendant des heures, se regarder dans le miroir de la salle de bains de sa mère en cachette et, avec cruauté, observer ses yeux, qu'elle trouvait trop petits et trop étirés, comme des fentes semblables à ceux d'un chat, et son nez, qu'elle trouvait proéminent et tordu.

Certains jours, elle se sentait si moche qu'elle ne voulait pas sortir de chez elle. Sa mère, s'apercevant du désarroi dans lequel ses complexes la plongeaient, refusait de la conforter dans cette solitude délétère et l'accompagnait, chaque matin, à la porte de l'institution.

Judith avait choisi de ne pas se mélanger aux autres et, quoi qu'il arrive, de se tenir en retrait. Elle observait. Elle craignait qu'on la montre du doigt à nouveau et qu'on l'interroge sur ses origines juives. Elle aurait été bien en peine de savoir quoi répondre. Certes, sa mère lui avait appris l'hébreu dès sa petite enfance, et célébrait, à sa manière – en respectant les rites mais sans prier –, les principales fêtes religieuses, mais elle n'avait jamais éclairci les mystères de son histoire familiale. Elle, malgré les supplications de Judith, faisait la sourde oreille sous prétexte qu'il ne fallait pas remuer le passé.

Les choses changèrent au moment de l'arrestation d'Adolf Eichmann. La radio interrompit ses programmes, les journaux firent des éditions spéciales. L'Argentine, nid de nazis reconvertis, se retrouvait sur le banc des accusés. Des réunions eurent lieu dans le lycée de garçons où enseignait la mère de Judith. Le soir, elle rentrait en compagnie de son amie professeur de sciences naturelles et, dans la cuisine, elles s'interrogeaient sur la responsabilité des autorités.

Au collège, les péronnelles étaient tout excitées et voyaient des espions partout. La seule qui ne participait pas à cette inflation d'émotions non maîtrisée, dont Eichmann n'était que le prétexte, était une fille de terminale qui se prénommait Alba.

Brune, les cheveux tirés et ramassés en une sorte de catogan, elle portait, par-dessus sa blouse, un grand châle noir, brodé de fleurs rouges dont elle ne se séparait jamais. Elle avait un regard ardent. Judith pensait qu'elle se maquillait, malgré l'interdiction qui leur en était faite. Solitaire, elle n'allait pas dans la cour pendant les pauses, préférant se réfugier dans le gymnase désert. Elle s'asseyait sur un banc, sortait ses lunettes et lisait.

Elle ne prêta guère attention à la présence de Judith, qui participait à un jeu où il fallait se cacher et qui avait trouvé refuge derrière la porte du gymnase, non loin de la baie vitrée. Une fille très agitée, avec des couettes au-dessus des oreilles, apostropha Alba. Elle leva les yeux, aperçut Judith, toute tremblante, à quelques centimètres d'elle. À celle qui continuait de hurler, elle répondit, d'un air las, que ce n'était pas la peine de s'attarder ici, car, de toute façon, personne ne venait jamais.

Le lendemain, Judith invitait Alba à dîner.

Comment cela a-t-il commencé ? Sans doute par une discussion sur la légitimité des Israéliens de mener le procès. L'Argentine, après les premières discussions diplomatiques, avait pensé qu'elle s'en sortirait avec honneur en interpellant l'ONU pour violation de territoire. L'ouverture du procès à Jérusalem avait balayé les polémiques inutiles.

Le soir où Alba vint chez elle, la mère de Judith avait l'oreille collée contre le transistor. Toutes les heures, des bulletins d'information récapitulaient ce qui avait eu lieu dans l'enceinte du tribunal. Eichmann venait de prendre la parole. Et il se défendait.

Ethel se mura de nouveau dans son silence. Alba avait essayé de la faire parler de son enfance et de son adolescence, mais, devant les refus obstinés, elle avait renoncé. Judith, elle, voulait savoir et ne désespérait pas d'assembler un jour les pièces du puzzle familial, qui recelait tant de secrets, à commencer par celui des circonstances de sa propre naissance.

Le soir de l'annonce du verdict, Ethel a décidé de parler et d'évoquer son adolescence, passée dans un Paris en guerre. Elle s'est d'abord excusée à l'avance auprès de Judith de ne pas pouvoir toujours respecter la chronologie. Assise dans son salon, en cette fin d'après-midi du mois de juin, elle tentait d'éloigner la sensation de confusion qui s'emparait d'elle lorsqu'elle faisait appel à sa mémoire. Les lieux et les dates se mélangeaient. Si elle se souvenait très bien des deux appartements que la famille avait occupés dans le quartier de Belleville, elle n'arrivait pas à se rappeler avec certitude leur configuration. Le premier appartenait à un de leurs anciens voisins de Varsovie, qui avait pu leur prêter son petit deux-pièces avant de les mettre en contact avec le Secours Rouge. Son père avait quelques noms de personnes à contacter inscrits sur un bout de papier, et il réussit, dès les premiers jours, à retrouver son ami Faïwel qui venait de louer une boutique rue d'Hauteville pour recommencer à exercer son métier de bourrelier. Il y travailla plusieurs jours. Cet homme était actif au sein du Mouvement populaire juif. Il l'emmena, le soir de leurs retrouvailles, à une réunion à laquelle participaient des camarades de Varsovie, bundistes, syndicalistes, communistes, tous appartenant à la sous-section de la MOI.

La situation était difficile pour les dizaines de milliers de réfugiés des pays de l'Est – dont les trois quarts étaient juifs. Une circulaire ordonnait aux préfets de refouler tout étranger qui chercherait à s'introduire sur le territoire sans passeport ni titre de voyage.

La perception de l'existence 133

Le père d'Ethel avait dit, lorsqu'ils avaient passé la frontière, qu'il venait, avec sa femme et sa fille, visiter l'exposition universelle. Il réussit ensuite à obtenir, du Secours populaire, une carte d'identité d'étranger grâce à laquelle il pouvait, pour un temps, résider en France. Il commença, sans attendre l'autorisation, à faire des petits boulots. Les économies s'étaient envolées avec le paiement du passeur, et le propriétaire de la rue de Lancry réclamait deux mois d'avance pour ce petit appartement sombre, situé à l'entresol.

Il parvint à se faire embaucher, de nouveau, rue de l'Échiquier, dans un atelier situé au fond d'une cour, où une dizaine d'hommes découpaient de grands morceaux de cuir fauve sur ce qui ressemblait à des selles de cheval.

Ethel aimait aller chercher son père à l'atelier et respirer l'odeur du cuir. Ils parlaient avec ses camarades en yiddish, langue qu'elle ne comprenait qu'à moitié. Puis ils revenaient à pied – le métro était jugé dangereux – jusqu'à l'appartement où la mère les attendait, chaque soir, de plus en plus inquiète. Ses mains tremblaient lorsqu'elle l'embrassait.

Paris était encore une fête. Ethel déambulait dans le quartier, fascinée par le bourdonnement des activités commerçantes et artisanales : de Belleville à Ménilmontant, les boutiques restaient allumées tard le soir. Les objets à vendre s'étalaient sur les trottoirs. Le samedi soir, ils allaient tous trois dans des cantines où étaient servies de grosses soupes et de la viande bouillie, garnie de cornichons.

Le père d'Ethel n'était pas croyant, mais il respectait les traditions. Ils faisaient shabbat. Sa mère préparait toute la nourriture la veille et demandait à la concierge – qui n'y comprenait rien – de venir allumer le poêle et de mettre les deux casseroles qui contenaient leur repas sur le réchaud.

Ils allaient à pied à la synagogue de la rue Jules-Joffrin et en revenaient de la même façon. La mère y retrouvait quelques amies de Varsovie. Elle avait renoué avec Rachel, une amie d'enfance du shtetl, arrivée en France en 1937 et mère de quatre enfants.

Ils ne changèrent pas leurs habitudes quand ils emménagèrent rue du Faubourg-Poissonnière. L'appartement était plus grand, mais encore plus sombre. Ethel s'installa dans une petite chambre, près du cabinet de toilette. Son père avait hésité à l'inscrire au lycée. « Trop risqué, lui disaient ses camarades du Secours populaire. N'oublie pas qu'une enquête est diligentée contre toi. Le ministère de l'Intérieur peut recouper les informations. » Alors, pendant la journée, Ethel tricotait de la mauvaise laine en compagnie de sa mère. Elle allumait la radio pour se familiariser avec la langue. Elle idolâtrait Zola et tentait de lire *L'Assommoir*, mais c'est grâce à *Antoine et Antoinette*, prêté par une petite voisine âgée de huit ans, qu'elle put véritablement progresser en français. Au Centre communautaire, ils ouvrirent, le jeudi soir, dans une petite rue située derrière le Rex, un cours de français. N'importe qui pouvait s'inscrire à condition de s'engager à suivre les cours pendant trois mois. Sa mère ne voulut pas y aller. Son père l'accompagnait, mais refusait d'entrer et l'attendait dans le hall.

C'est là, au second cours, raconta Ethel à Judith, qu'elle a repéré Sarah.

Le frère de Sarah dirigeait la sous-section jeunesse de la MOI. Il eut confiance en elle très vite. La semaine suivante, avec sa sœur et d'autres camarades du quartier, il les a emmenés à une réunion du Secours Rouge. Un orateur faisait un cours sur l'avancée des troupes hitlériennes en Europe, qu'il montrait avec une baguette en bois sur une carte posée sur un chevalet. Puis un jeune philosophe, d'origine allemande, a analysé les derniers discours d'Hitler et a expliqué comment la propagande s'insinuait à l'intérieur des consciences, provoquant peur et domination, en ôtant au peuple son instinct de liberté et en confisquant, pour le plus grand nombre, tout pouvoir de résister. Il soulignait qu'il s'adressait à chaque individu en particulier.

Le frère de Sarah est ensuite monté sur l'estrade, entouré par deux hommes plus âgés. L'un, a-t-il dit, est d'origine polonaise ; l'autre, ukrainienne. Tous deux ont le rang d'officier et ont servi leur pays. Ils ont déjà fait exploser des hangars de munitions et dérailler des trains. Ils notaient sur le tableau noir la dangerosité des actions par des lettres allant de A à F.

Vers neuf heures du soir, ils ont rejoint la grande salle à manger où de vieilles dames leur ont servi des bols de bortsch, avec beaucoup de viande dedans, et des strudels aux pommes.

À la fin du repas, la chorale s'est mise en place. Bruyamment et lentement. Les choristes se disputaient pour choisir un morceau de leur répertoire. Le chef a ordonné le silence, a levé le bras droit et le début de *l'Internationale* en yiddish a retenti. Les voix n'étaient pas toutes à l'unisson. Par moments, certaines partaient vers les aigus et ne pouvaient plus rejoindre les autres, mais la majorité du chœur continuait, entraînant l'ensemble de l'assistance qui se mettait à battre la mesure avec les pieds et à reprendre le refrain. Un homme de la chorale s'est avancé avec son accordéon et a commencé une chanson sur un rythme de valse. Des couples se sont formés.

Sarah, les yeux fermés, tournoyait sur place dans les bras du plus jeune des officiers.

« Moi, je faisais tapisserie et j'attendais que mon père vienne me chercher. »

Ethel s'arrête, ploie son corps en avant, met sa tête entre les bras et étire son dos. Elle ressemble à un nageur épuisé qui tente de rejoindre une rive. Alba lui tend un verre d'eau, qu'elle refuse. Judith se lève. L'après-midi tire à sa fin et l'obscurité commence à rentrer dans la pièce. Judith va allumer le plafonnier. Sa mère s'y oppose. Pour continuer à parler, elle a besoin, répète-t-elle étrangement, de rester dans le noir. Alba va lui chercher le plaid qui couvre le vieux fauteuil dans l'entrée. La mère s'allonge et tend la main à sa fille.

Alba demande : « Vous étiez où en 43 ?

— Toujours en France. D'abord, dans le massif des Glières, puis en Haute-Savoie. »

Judith n'en revient pas. Sa mère parle encore. C'est comme un torrent. Quand elle ne trouve pas les mots en espagnol, elle a recours au français. Ses mains s'agitent au-dessus d'elle et, de temps à autre, tremblent. Alors, elle s'agrippe à son verre et redemande de l'eau tout en continuant son récit.

« Mes parents, par le biais du Centre communautaire, m'ont trouvé un travail rue des Écouffes. J'aidais le préparateur de fourrures. Je les inspectais, les retournais dans tous les sens pour repérer d'éventuels défauts, puis je les brossais avant de les transporter jusqu'au découpeur. Le travail était lent et pénible. Porter les dépouilles à l'autre bout de l'atelier demandait d'avoir beaucoup de force dans les bras. J'étais, avec la patronne, la seule femme dans l'atelier. J'ai vite été adoptée.

On restait sur place à la pause de midi, de peur d'être arrêté dans la rue. La patronne apportait deux bouteilles de vin rouge et une Thermos de café. On s'enfermait dans l'enceinte vitrée de la comptabilité et on mangeait notre gamelle. Sam était le plus protecteur. Il proposait chaque fois de partager et avait toujours un fruit à me donner. Tout le monde connaissait Sam dans le quartier. Quand je sortais de l'atelier pour rentrer chez moi et qu'il m'accompagnait, je voyais beaucoup de personnes s'incliner devant lui ou lui faire de longues accolades.

Un soir, alors que j'allais m'engouffrer dans le métro, il m'a donné une lettre en me disant d'aller la remettre place des Ternes, devant la brasserie La Lorraine où quelqu'un m'attendait.

— C'est tout ? demande Alba.

— C'était tout, répond Ethel.

Le lendemain soir, Sam m'a proposé d'aller à une soirée au Centre communautaire et m'a présenté deux jeunes gens de l'organisation. Il n'en a pas dit plus. J'ai continué à servir de messager et les trajets étaient de plus en plus longs. Quelquefois, je donnais une lettre en échange d'une autre, que j'allais remettre, dans la même soirée, à une autre personne. Je n'avais pas peur et n'avais aucune conscience du danger. J'effectuais mes tâches mécaniquement, sans exaltation particulière. Mes parents en ignoraient tout et commençaient à s'inquiéter de mes horaires de plus en plus tardifs. Je les justifiais par les activités du Centre où je disais aller retrouver chaque soir une bande de jeunes femmes venues de Pologne, comme moi, qui prenaient aussi des cours de français. »

« C'était un jeudi, en fin d'après midi. J'enlevais mon manteau pour entrer dans la classe où se donnait le cours de français quand Sam m'a interpellée. Il fallait partir tout de suite. Pas question de discuter. Sa voix était coupante. Nous avons marché longtemps jusqu'au métro Bonne-Nouvelle et, dans une petite ruelle, non loin du Rex, nous avons descendu un escalier sale et obscur qui donnait sur une porte en fer. Sam a sorti une petite clef qui luisait dans la nuit. Il y avait là sept hommes tout aussi jeunes que lui et deux femmes plus âgées que moi. Ils roulaient des affiches pendant qu'elles mettaient en piles des tracts sortant des ronéos. »

Le procès Eichmann s'éternisait. La mère et la fille étaient toujours aussi passionnées et brûlaient d'entendre toutes les dépositions, mais les envoyés spéciaux, à la radio, avaient de moins en moins de temps de parole pour suivre l'événement. Ethel, comme son amie professeur, qui était tout aussi intéressée qu'elle par le déroulement des débats, se rangeait du côté de ceux qui pensaient que Ben Gourion avait eu raison de kidnapper Eichmann pour le juger. Les journaux argentins les plus nationalistes s'inquiétaient de la manière dont les services secrets israéliens avaient pu mener tranquillement leur enquête. Combien d'autres Eichmann vivent encore à côté de moi sous une fausse identité ? se demandait Ethel. Elle pensait qu'après le verdict, la loi du silence recouvrirait tout et effacerait l'émoi collectif.

Les faits semblaient lui donner raison. Au collège, les filles en parlaient de moins en moins. Le hula-hoop, les bâtonnets de faux rouge à lèvres transparents, ainsi que la « Beatlemania », avaient supplanté l'attente fiévreuse du compte-rendu des premières auditions.

Ethel s'était refermée sur son silence aussi brutalement qu'elle l'avait rompu. Elle n'évoquait plus son passé depuis des mois. Alba n'osait plus la relancer. Mais Judith ne voulait pas renoncer.

C'était un jour de juin. Judith voulait connaître les conditions dans lesquelles sa famille avait pu arriver en France.

Ethel était alitée et souffrait d'un étrange mal dans les os depuis quelques jours. Une lumière, tout auréolée d'or, illuminait le salon aux fenêtres ouvertes et les rayons de soleil, freinés par les branches du jacaranda centenaire, dessinaient de petits éclairs qui bougeaient selon la palpitation du vent sur le parquet ciré.

Judith attendait Alba pour aller au ciné-club voir la rétrospective Hitchcock. Ce soir, c'était *Vertigo*.

Alors qu'elle s'apprêtait, encore une fois, à rendre les armes et à changer de sujet, Ethel a appelé Judith. Elle s'était levée pour choisir un livre dans la bibliothèque du salon. Elle le lui a tendu, ouvert à une page qu'elle avait choisie et lui a demandé de lire à haute voix ce passage :

« *Ce fut un long voyage dans la nuit. La neige nous arrivait à hauteur des genoux. Les grands sapins noirs ressemblaient en tous points à leurs frères au pays mais c'était déjà des sapins belges, et nous savions qu'ils ne voulaient pas de nous. Un vieux juif, chaussé de mocassins qu'il perdait tout le temps, s'agrippait à la ceinture de mon manteau, gémissait et me promettait monts et merveilles pourvu que je lui permette de s'accrocher à moi.* »

« Nous aussi nous avons vécu cela. Jean Améry l'écrit mieux que je ne pourrais te le dire. L'Allemagne d'abord, puis la Belgique et la France où mes parents savaient que se préparait un congrès international pour la défense de la culture juive. La suite de l'histoire, tu la connais. Le reste appartient désormais au passé. Tes grands-parents ont été déportés et n'ont pas eu de sépulture. C'est pour cette raison que j'ai attendu si longtemps pour partir en Argentine. Personne ne pouvait ou ne voulait me dire s'ils étaient morts. C'est par un vieil homme qui fréquentait le Centre communautaire que j'ai su qu'ils avaient été arrêtés par la police française peu de temps après mon départ pour le maquis. Une dénonciation, vraisemblablement. Ils sont partis sans bagages. Ils n'ont pas eu le temps de dire au revoir à leurs voisins. Dans le quartier, personne ne les a plus jamais revus.

Quand je suis rentrée dans l'appartement, la veille de la Libération, j'ai trouvé un classeur sur la table de la cuisine qui contenait l'adresse de ta grand-tante en Argentine. Riwka, en 1938, après un long périple qui l'avait menée de la Pologne à Lisbonne, avait réussi à embarquer pour l'Amérique du Sud. Avec ton père, que j'ai connu dans le maquis, nous avons décidé d'aller nous installer à Buenos Aires.

Nous sommes arrivés fin 46. Riwka nous attendait. Elle avait loué un deux-pièces, juste à côté de chez elle, dans le quartier des abattoirs. Entre ton père et elle, ce fut un véritable coup de foudre. Elle l'a soigné avec moi, jour et nuit, après son accident. Mais c'est une autre histoire. Le temps passe. Je vais être en retard à la conférence d'Ernesto à l'Alliance française. Il doit parler de Stendhal. Je ne veux, à aucun prix, la manquer. Tu m'accompagnes ? »

Troisième partie

Le sentiment sexuel

Judith

Un livre peut changer l'orientation d'une existence. C'est ce qui est arrivé à Judith à la lecture de *Tristes Tropiques*.

Judith avait tout d'abord commencé, sous l'impulsion de sa mère, des études de français à l'université de Buenos Aires. Ethel s'était dit qu'elle relirait ainsi Stendhal et Zola, qu'elle avait découverts en France. Elle ne se trompait pas : c'est elle qui s'était plongée dans les Œuvres complètes de ces deux écrivains, alors que sa fille, dégoûtée par le formalisme de ses enseignants qui s'échinaient à disséquer les textes au lieu de les faire aimer, passait son temps à jouer au tennis sur le campus et à discuter à la cafétéria avec sa bande, tout en confectionnant des calicots pour d'éventuelles manifestations. Judith rentrait tard, après avoir écumé les bars de son quartier.

Le dimanche après-midi, elle prenait ses souliers de tango et se rendait à la *Confitería Ideal*. Elle aurait pu y rester jusqu'à l'aube tant elle connaissait les danseurs, des habitués avec qui elle exécutait des *tandas*. Ici, on ne venait que pour danser, pas pour draguer. Vers huit heures du soir, elle quittait l'établissement, longeait les trottoirs bordés de bars et de magasins de musique. Puis, quand elle était fatiguée de marcher, elle hélait un taxi pour se rendre dans un autre quartier de la ville. Elle aimait, en bonne *milonguera*, changer d'ambiance et avait ses habitudes dans ce dancing, en apparence plus chic, le *South Beach* où des couples de différentes générations venaient danser des tangos classiques ou composés par des musiciens contemporains.

Elle s'installait au fond, du côté réservé aux femmes, et observait la salle. Elle repérait les danseurs susceptibles de l'entraîner à la danse suivante. Peu importait leur âge. C'était leur style qui comptait. Avant de parvenir à la piste de danse, elle s'asseyait, délaçait ses chaussures, et mettait ses talons hauts.

Adepte de la fameuse « danse des yeux » de Buenos Aires – ces regards appuyés et ces signes de tête que les couples échangent avant de se former – elle choisissait souvent son partenaire parmi les hommes les plus âgés. Elle ne voulait froisser personne. Quelquefois, les regards étaient si insistants qu'il lui était impossible de les ignorer. Alors, elle s'élançait sur la piste en compagnie d'hommes avec qui elle n'échangeait pas un seul mot et dont elle ignorait tout, même le prénom. Ce qui lui importait, c'était d'être dans leurs bras, d'être guidée dans une semi-pénombre, dans cette salle dont les murs étaient tapissés de miroirs, dans une atmosphère d'élégance surannée. Elle n'était pas une *tanguera* à la recherche de l'extase tango, comme certaines de ses camarades qui s'adonnaient à cet art chaque soir, mais elle connaissait toutes les figures du tango libre – tango sans frontières – et aimait les danseurs qui savaient dégager l'espace pour lui permettre de longs *caminandos*.

Au fond elle était seule, même, et surtout, quand elle dansait. C'est ce qu'elle recherchait. Elle pratiquait le tango comme un art de méditation où l'esprit, et pas seulement le corps, vagabondait très loin dans un espace-temps qu'elle ne maîtrisait pas, une sorte d'aspiration vers l'intérieur d'elle-même, qui provoquait un état d'abandon par lequel son énergie n'était tendue que vers la musique. Elle ne se souvenait généralement pas des danseurs qu'elle rencontrait dans les boîtes. D'ailleurs, le code imposait qu'on garde toujours les yeux baissés.

Ethel ne critiquait pas l'addiction de Judith au tango. Elle l'accompagnait quelquefois dans des boîtes plus huppées, au *Noche del tango*, au *Niño bien* et, parfois au *Milagro*, où se risquaient des étrangers, surtout des Américaines venues de Miami pour le week-end, à la recherche de fins de nuit partagées.

Le tango était devenu une industrie avec ses professionnels du jour, qui dansaient collés devant les cafés et se faisaient photographier, et ceux de nuit, anciens *rancheros* venus à la capitale pour y vivre de la beauté de leur corps et de l'élégance de leur maintien. Le jour, ils exerçaient la profession de garçon de café ou de patron de gymnase de la banlieue. Ils savaient repérer les *gringas* enchaîner les *tandas* et n'hésitaient pas à les enlacer fougueusement à la fin de chaque danse.

Ethel les connaissait et s'amusait de leurs manigances. Elle ne dansait pas chaque fois qu'elle venait, mais, quand elle décidait de le faire, elle choisissait toujours un cavalier parmi les plus jeunes hommes qui traînaient devant le bar, sans oser s'avancer dans la foule. Vers deux heures du matin, il lui arrivait de demander à l'orchestre de jouer *Quand reviendra mon rêve d'amour* :

*Mes rêves s'en vont à la dérive
sur une mer teintée d'argent.
Et moi, j'attends sur la rive
celui que j'adore tant.
Quand reviendra mon rêve d'amour
mes rêves regagneront le port.*

Après quoi, elle enlevait ses chaussures et demandait à sa fille d'appeler un taxi.

Elles traversaient Buenos Aires, épuisées et heureuses, main dans la main, en s'endormant sur la banquette arrière.

Judith avait donc prévenu Alba du changement de programme et accepté d'accompagner sa mère à l'Institut français. Outre l'allocution d'Ernesto Sábato, elle attendait avec impatience la conférence d'un jeune universitaire, qui devait rendre compte de la publication simultanée, aux États-Unis et dans toute l'Amérique latine, d'un ouvrage sur Claude Lévi-Strauss, intitulé *The Anthropologist as heros*. Judith essaya, vainement, de se rapprocher d'un jeune homme qui détonnait et n'était pas habillé de manière aussi chic que les dames de la haute bourgeoisie, majoritairement représentée dans cette assemblée, qui bavardaient en buvant un verre de champagne, mais firent immédiatement silence à l'arrivée d'Ernesto Sábato. Celui-ci connaissait l'effet qu'il produisait lorsqu'il surgissait à l'improviste dans ce genre de manifestation, qu'il exécrait, mais où il finissait par se rendre par lassitude ou espoir, peut-être, de trouver de l'inspiration pour son hypothétique prochain roman. Il y avait aussi chez lui la volonté facétieuse de singer le personnage du grand écrivain devant un parterre de dames en pâmoison. Il savait à merveille jouer de l'intensité de son regard et exagérer son allure de rapace, qu'il cultivait. Constatant que le jeune homme était monté plusieurs fois sur l'estrade pour tenter de commencer à parler sans pouvoir imposer le silence, Ernesto Sábato lui attrapa le bras, s'élança à ses côtés et, le prenant à témoin, déclama à l'assemblée :

> « *N'ayez pas peur, messieurs dames,*
> *le fauve est dompté,*
> *on a limé ses dents,*
> *gâtées, ébranlées, arrachées,*
> *par de petits dîners de circonstance.*
> *Ce n'est plus de l'animal qui dévore de la viande crue,*
> *qui attaque et tue dans la forêt vierge*
> *où il aperçut sa majestueuse barbarie.*
> *Entrez donc, messieurs dames.*
> *Le voici, le voici.*
> *Demi-tour à droite et hop*
> *Bonjour à l'aimable public...* »

Puis il sauta dans la foule. Judith était interloquée. Le temps s'était suspendu. Ses voisines avaient, comme dans un film au ralenti, arrêté de boire et de porter des petits fours à leur bouche. Sábato avait su interrompre le brouhaha et créer une attente.

Le jeune homme décida de s'asseoir à même l'estrade, les jambes ballant dans le vide.

« Je ne vais pas commencer à vous expliquer l'anthropologie structurale ni vous parler de la construction de *Tristes Tropiques*, non, je vais d'abord vous parler du Brésil où j'étais aux côtés de Claude Lévi-Strauss. »

Le jeune homme a parlé de chasse et de cueillette, des femmes qui marchaient loin dans la forêt à la recherche des termitières, des enfants qui vivaient entre eux dans une cahute de bois, presque à la lisière du village, et qui venaient le provoquer le matin en jetant, sur le lit de fortune qu'il avait été autorisé à placer derrière la maison de la grande chefferie, des boules de mousse sur la plante de ses pieds pour le réveiller. Il parlait et ne s'arrêtait plus. Judith voyait des images en l'écoutant, et sa façon de délivrer un discours rigoureusement scientifique, tout en réussissant à transmettre son attachement pour les personnes de cette tribu où il avait passé neuf mois, la transportait dans un univers insoupçonné. On pouvait donc faire de la recherche sans perdre le goût de l'aventure. C'était ce qu'elle désirait depuis sa haute enfance.

Ernesto Sábato interrompit le conférencier. Il prit deux whiskies et l'emmena sur la terrasse. Judith entendait qu'il l'entreprenait sur la fin de la vie du Che. Elle tentait de s'approcher, sans s'immiscer, pour écouter leur conversation, lorsqu'un étudiant, dont elle avait remarqué le corps fin et musclé, mis en valeur par un jean et un tee-shirt noir sur lequel était imprimé le sigle de la paix en caractères rouges, s'approcha et demanda : « Ernesto, tu connais cette jeune femme ? » Ernesto s'inclina de manière cérémonielle comme s'il voulait faire une révérence à l'ancienne. « Chère demoiselle, je vous présente Victor, un ami très cher. » Judith rit. Victor lui demanda s'il confirmait la partie d'échecs prévue le lendemain au café *Echeverría*. Ernesto hocha la tête d'un air distrait, tout en continuant à parler de Jean-Paul Sartre avec le conférencier.

« Il fait froid, dit Victor. Quittons vite cet endroit. » Judith alla embrasser sa mère et partit avec lui dans la nuit. « Où allons-nous ? — Nulle part », répondit-il.

Ils ont traversé Belgrano. À un moment, ils ont coupé à l'oblique en entrant dans un parc. Le sol était boueux et la lumière légèrement phosphorescente du côté du lac, en contrebas.

Ils n'avaient pas besoin de se parler, juste d'être côte à côte, immobiles sur le banc de bois, sans se toucher. C'était comme si une communication puissante mais invisible existait déjà entre eux. Judith était envahie de sensations obscures, mystérieuses, comme celles, se disait-elle, que ressentent les animaux à l'approche d'une éclipse. Elle avait peur et se sentait lourde. Ses chevilles semblaient être enserrées dans un liquide visqueux. Elle ne pouvait pas bouger et n'arrivait pas à tourner la tête pour le regarder. Elle était également incapable de parler. Elle frissonna. Il la prit dans ses bras. Lui aussi restait silencieux.

Un vol de chauves-souris, ressemblant à des musaraignes flottantes, passa au-dessus de leurs têtes. Ils les virent s'accrocher par grappes comme des fruits mûrs, s'écraser entre elles avant de se confondre avec la sinuosité des branches les plus basses du manguier.

Il lui proposa de s'allonger et d'appuyer sa tête sur son ventre. Judith se mit en chien de fusil. Il posa sa main droite sur ses yeux. Judith écouta le vacarme de la nuit jusqu'à l'aube, sans bouger.

Suzanne

Le soleil tapait encore fort. Nous le sentions sur nos nuques, alors que nous continuions à marcher. Cela faisait presque deux heures que nous longions une bande de terre sur laquelle avaient été édifiés des bâtiments industriels, séparés par des enceintes de barbelés.

Finalement, nous avons aperçu une sorte de cabanon au loin, recouvert de tissus indiens volant au vent. Nous nous sommes dit que nous allions dans la bonne direction. Un homme jeune, une guirlande de fleurs autour du cou, vendait de l'encens et des canettes de bière. Devant lui, une étendue de petits gravillons et de gros blocs de pierre blanche, aveuglant le regard. Plus loin encore, la mer. Il était impossible d'y accéder. Le jeune homme appelait cela une plage tout de même. Malgré notre fatigue, nous avons décidé de continuer à marcher. Il nous a suppliées de rester. Nous allions bien nous reposer un instant.

Nous nous sommes endormies sans même nous en rendre compte. Une odeur de viande grillée nous a réveillées. Le jeune homme nous a présenté Pablo, son voisin. Vêtu d'un bermuda aux couleurs psychédéliques, il ressemblait à un loup de mer, façon Antoine. Tous deux s'activaient autour du feu.

Nous avons vite passé le stade des présentations. Après ce dîner improvisé, et bien arrosé, nous nous sommes déshabillés. Nous sommes entrés dans la mer en franchissant une succession de petites barres de vagues de nacre. Nous avions encore pied. J'étais à la fois excitée et terrifiée. Dans mon enfance, je pensais que des divinités vivaient sous la mer. Elles attendaient les vivants pour les faire descendre dans leurs cryptes. Elles les y disposaient horizontalement en les enfermant dans des tombeaux liquides où les corps flottaient pour l'éternité. En attendant, j'ai cru voir une méduse. J'ai crié. Suzanne nageait déjà et le type en bermuda l'éclaboussait en riant.

J'ai plongé dans le gris.

Tout était gris. La mer, la lune voilée, le rivage.

C'était mon premier bain de minuit.

J'ai vite compris qu'il cherchait à s'éloigner avec elle. Il lui mettait les bras derrière les épaules et la traînait sur le sable mouillé. Elle se laissait faire comme une poupée. Maintenant ils dansaient, la mer à hauteur de la taille. Ils se dandinaient comme des pingouins, sans doute à cause de cette terre meuble, accidentée et pourtant sans déclivité.

J'ai nagé longtemps dans la direction opposée. Plus j'avançais, plus j'avais l'impression que mon corps se fluidifiait, comme si la mer ne me faisait plus obstacle. Je ne sais plus si j'ai fait demi-tour. Je crois que non. Il fallait fuir, leur laisser ce rivage déserté par les hommes dans ce paysage semi-industrialisé. J'ai entendu des cris. J'ai décidé de nager vers l'horizon. Des nuages assombrissaient le ciel et obscurcissaient la lune. Je savais que je prenais le risque de ne pas pouvoir revenir mais, je ne sais pourquoi, je m'en moquais. Tout pouvait, à cet instant, m'arriver. C'est grâce à Pablo que je m'en suis sortie.

Il m'a prise d'autorité par les poignets. Il m'a demandé de m'allonger sur son dos. J'étais gênée. Mes seins reposaient un peu plus sur ses omoplates chaque fois qu'il dépliait les bras. Soudain, il m'a lâchée pour se relever et me porter dans ses bras. Il marchait lentement pour éviter les grosses pierres du chantier qui formaient comme un mur accidenté entre le sable et la fin de la mer.

Je me suis réveillée à cause de la lumière. J'étouffais. Ils m'avaient enveloppée dans une couette militaire qu'ils avaient remontée jusqu'au cou grâce à un système de fermetures Éclair. À côté de moi, allongée à même le sol, sous une bâche de couleur beige, Suzanne dormait. Sa respiration régulière indiquait qu'elle n'était pas près de se réveiller. En face de nous, scotchée sur le mur du cabanon, une grosse fausse blonde, vêtue d'une robe rouge collante, me regardait en battant des cils, les lèvres humides. Ses cuisses étaient entrouvertes et son corps reposait sur un tapis de billets de banque. Ses mains soulevaient, de chaque côté, le bas légèrement volanté de sa robe et découvraient, en son milieu, un sexe rasé. En haut, à gauche, juste au-dessus, quelqu'un avait écrit, en lettres mordorées : *Bienvenida en la ciudad del Paradiso.*

Suzanne et moi, nous avons paressé toute la journée à l'intérieur du cabanon en sirotant du Coca-Cola tiède et en regardant des images sur une vieille télévision qui retransmettait des matches de hockey. Nous attendions la fin du jour.

Le patron de l'établissement nous a fait entrer par la porte de derrière. De l'extérieur, cela ressemblait à un ranch un peu minable, comme celui devant lequel chancelle Marilyn dans *Les Désaxés*. Des filles, vêtues de strings argentés et de soutiens-gorge couleur chair, papotaient en se maquillant devant des miroirs installés sur des tablettes basses en bois. La hauteur à laquelle celles-ci étaient accrochées contraignait les filles à poser leurs coudes et à presque s'allonger pour pouvoir correctement se voir dans le miroir. Un type, vêtu d'un jean léopard et d'un tee-shirt noir moulant, les houspillait en regardant sa montre.

Le patron nous a fait signe de nous déshabiller et a rigolé quand nous avons demandé où étaient les cabines. Il nous a indiqué une maisonnette au fond de la cour. Nous avons couru. La porte a claqué derrière nous. Le vent soulevait le sable et nous ne distinguions aucune lumière aux alentours. Quand nous avons rejoint la boîte, la nuit tombait.

Le type chargé des filles nous a donné à chacune un pantalon large transparent, l'un de couleur mauve, l'autre jaune, fendu sur le côté jusqu'en haut des cuisses, et un justaucorps qui se nouait au-dessous de la naissance des seins.

Suzanne a choisi la tenue mauve. Une vieille femme, aux cheveux teints en orange et coupés en brosse, nous a dit qu'il fallait d'abord aller se doucher et de nous frotter avec l'huile noire épaisse qu'elle nous tendait. Elle nous a suivies jusqu'aux douches pour nous regarder nous laver. Au moment de nous essuyer elle nous a prises, à tour de rôle, et nous a étrillées comme des chevaux avec un gant en crin, en insistant sur le ventre, la poitrine, le haut des cuisses.

Quand nous avons enfilé nos strings, nos corps brillaient et nos peaux étaient foncées. C'est comme si nous venions de revêtir une sorte de combinaison invisible qui nous abritait de tout regard indiscret.

Le bataillon des filles était déjà au travail.

La vieille nous a aidées à poser nos faux cils et à entourer nos cous d'un lourd collier pseudo inca, serti de perles bleues et vertes, qui cachait la poitrine. Puis nous avons enfilé des chaussures cloutées, vertigineusement hautes, qui se laçaient sur la jambe par des lanières multicolores.

Nous étions harnachées, prêtes au combat.

Il ne nous manquait plus que les colts pour pouvoir tirer.

Car un même sentiment de haine mêlée de culpabilité nous habitait. Nous n'avions pas été abusées. Nous étions, toutes deux, dans une relation de servitude volontaire, prêtes à faire n'importe quel job pour gagner de l'argent et pouvoir ainsi prolonger l'été. Nous imaginions, de manière un peu présomptueuse, que notre instinct de liberté nous protégerait. Suzanne, devant moi, avait fait préciser au patron la distance que nous devions maintenir avec les clients. Il nous avait répondu d'un ton moqueur, comme si nous étions des vierges effarouchées – nous l'étions – et avait répété trois fois : vous serez des appâts. Les clients ne peuvent pas vous importuner et, de toute façon, ils n'ont pas le droit de vous toucher. Tout ce qu'on vous demande, c'est de danser.

It's a sex machine, répétait le chanteur ou plutôt, faisait semblant de répéter le chanteur, en imitant la voix de James Brown qui sortait des enceintes, là-haut. Son travail à lui aussi était de danser et de faire danser.

La salle était immense. Dans le noir, entre deux chansons, la vieille nous a fait monter toutes deux par une échelle sur une plate-forme qui ressemblait à celle sur laquelle sont les trapézistes lorsqu'ils s'élancent dans le vide. De là, partaient des coursives recouvertes de sisal qui donnaient sur d'étranges habitacles, sortes de cloches ajourées ou de dômes éclairés, armatures de fer scintillantes, au centre desquels se trouvait une minuscule piste de danse.

J'ai mis du temps à comprendre que je devais tourner sur moi-même. Une machinerie inversait le sens de la marche tous les quarts d'heure. Nous étions cinq filles, à des hauteurs différentes, à nous étirer sous ce faux ciel étoilé qui sentait le caoutchouc, au son de *I feel good, I wanna be your man*, les deux chansons qui revenaient en boucle. Je ne voyais pas Suzanne qui se trouvait à l'opposé. Les slows étaient très rares. Toutes les demi-heures, on baissait les lumières dans la boîte, qui ressemblait alors à une grotte sous-marine. Nous aussi, étions plongées dans la pénombre, mais la vieille ne venait pas, pour autant, ouvrir la porte de nos cages. Au bout de quelques minutes, j'ai fait comme ma voisine, je me suis assise en balançant mes jambes dans le vide.

Au petit matin, épuisées, après nous être changées, lorsque nous sommes sorties à la lumière du jour naissant, Pablo nous attendait. Sans nous concerter, nous nous sommes engouffrées dans sa voiture rouge. Il nous a déposées devant son cabanon. Nous nous sommes blotties l'une contre l'autre sous la couette, à même le sol. Je voyais la lumière aveuglante de l'été s'insinuer par les lattes de la porte d'entrée. En essayant de m'endormir, j'ai entendu un bruit lancinant qui revenait. Je me suis levée tout doucement. Suzanne dormait, son pouce dans la bouche. C'était comme si elle tétait.

Au fond, nous étions des entraîneuses comme on en trouve dans des lieux de drague organisée ou de prostitution occasionnelle. Nous, nous nous prenions – et nous n'en étions pas peu fières – pour des étudiantes un brin dévergondées, danseuses non professionnelles, loin d'être habituées à ce genre d'horaire et à ce type d'exercice.

Nous faisions ce que nous pouvions. Nous allions au bout de nos forces. La vieille, quand le noir se faisait, se décidait à ouvrir les cages et nous tendait à chacune la même bouteille de gin. L'alcool descendait dans les veines des bras puis réchauffait le ventre, mais quand il s'agissait de se relever, ça tanguait dur. J'avais du mal à retrouver l'équilibre. Mon corps partait vers l'arrière et j'éprouvais des difficultés pour répartir son poids sur mes deux jambes, tout en faisant onduler mes hanches. Cela prenait un certain temps et nécessitait beaucoup de concentration.

Comme le plateau tournait, les repères dans l'espace, nécessaires pour ne pas perdre pied, étaient eux-mêmes mouvants. Pour m'en sortir, je baissais les paupières et traçais mentalement une ligne qui partait d'un point entre mes arcades sourcilières pour aller de l'autre côté de la voûte étoilée. Ainsi, je pouvais rester debout. Décentrée mais debout.

Suzanne, elle, tenait beaucoup mieux le coup. Ses années de sport et sa formation de gymnaste – elle avait gagné un concours international d'arçon – avaient sculpté son corps et développé chez elle des capacités d'endurance qui me faisaient défaut. L'unique pause – vers trois heures du matin – nous permettait de reprendre des forces. J'avais l'impression de jouer les figurantes dans un remake minable d'*On achève bien les chevaux*. Suzanne trouvait l'aventure piquante et l'exercice – elle appelait cela un exercice – plutôt plaisant. « De toute façon, on n'a pas le choix », me disait-elle au petit matin, quand la vieille distribuait les enveloppes. Dès le deuxième jour, nous avions décidé de rentrer dormir chez nous. Pablo nous attendait pour nous raccompagner jusqu'à l'arrêt du bus où nous patientions quelquefois plus d'une heure pour rentrer à Barcelone.

Alors, en face de la mer, nous nous allongions sur le banc, tête-bêche, en prenant soin de mettre nos foulards sur nos visages pour tenter de nous protéger du soleil qui se levait.

La fille du studio travaillait tôt. Nous ne nous croisions jamais. Quand nous rentrions, nous nous écroulions dans le dortoir improvisé au-dessus du grenier. C'est la lumière qui passait, malgré la couverture coincée dans le Velux, qui nous réveillait. Nous retrouvions, en bas de chez nous, une bande de Français friqués qui, eux aussi, fréquentaient les boîtes de nuit, mais pas de la même catégorie. À plusieurs reprises, ils nous ont invitées. Ne trouvant plus d'arguments pour justifier nos refus réitérés, Suzanne crut bon d'expliquer que nous étions barmaids de nuit dans un établissement du bord de mer.

En disant cela, elle prenait ses désirs pour la réalité. Nous les enviions, les barmaids de la *ciudad del paradiso*. Je les voyais d'en haut rire, bouger leurs cheveux, parler à des garçons et taper dans leurs mains. Sur le coup de trois heures du matin, je les observais enlever leurs chaussures à talons, et servir, pieds nus, dans la sciure du plancher. La serveuse blonde un peu ronde, qui découvrait toujours son nombril, avait manifestement appris la danse du ventre. De temps en temps, quand une chanson lui plaisait, elle s'excitait toute seule et se déhanchait furieusement, comme si elle jouait au hula-hoop. Peut-être voulait-elle attirer l'attention des clients. Au fond, elle avait raison de faire ce qu'elle voulait. Elle n'encourait aucun danger. Car personne, dans cette boîte, ne regardait les filles. Nous faisions partie du décor. Quand les clients entraient, ils ne voyaient d'abord que nous, dans nos cercles de lumière, le plus souvent la tête en arrière, tournoyant sur place en chaloupant. Ensuite, ils se dirigeaient vers le bar où il leur arrivait de rester la nuit entière. Ils pouvaient aussi prendre une table. Dans les deux cas, ils nous voyaient, mais pour nous oublier presque aussitôt. Ils s'installaient dans le grondement sonore, les yeux mi-clos, s'accrochant aux repères lumineux des clignotants verts et rouges de l'installation du disc-jockey et à la guirlande électrique de coquillages et d'étoiles de mer qui scintillait au-dessus du bar, tout en haut, là où étaient rangées les bouteilles d'alcool blanc les plus titrées.

Nous changions de lignes de bus pour parvenir jusqu'à la boîte de nuit. C'était le dernier arrêt. Des types en voiture s'arrêtaient souvent à notre hauteur pour nous proposer de monter. Pensaient-ils que nous étions des prostituées ? Nous n'y prêtions guère attention. Mais un soir, l'un d'eux a ouvert sa portière et a réussi à me traîner, à la force des poignets, sur la banquette arrière. J'ai hurlé. J'entendais Suzanne qui m'appelait. Il a mis un tissu sur ma bouche pendant qu'un de ses complices me tenait par les bras. Suzanne a couru vers la voiture juste derrière pour demander de l'aide. Le conducteur en est sorti muni d'un revolver. Les deux types m'ont lâchée en me jetant violemment sur la chaussée.

Arrivées à la boîte de nuit, toutes tremblantes, nous avons demandé à voir le patron pour essayer d'avoir des éclaircissements. Il nous a expliqué que certains de ces hommes étaient de mèche avec l'établissement. Ils servaient de rabatteurs en cas de pénurie de filles. Ils ramenaient leurs proies en se faisant payer. Le patron s'est excusé et nous a assurées que cela ne se reproduirait pas. Nous sommes parties nous préparer pour la nuit. L'incident m'a fait réfléchir et a contribué à augmenter ma peur. Étions-nous entrées, malgré nous, dans une sorte de gang ? Et si tel était le cas, comment faire pour en sortir ? Suzanne se moquait de mes hypothèses. Elle disait que j'avais trop d'imagination.

Cela faisait trois semaines que nous travaillions. L'habitude de la nuit, sans doute, l'excitation qu'elle procure, le sentiment aussi de toute-puissance qui vous envahit à l'aube, alors que le corps est fatigué, tout cela nous plaisait, nous donnait l'énergie de continuer. Au petit matin, les pensées vont à toute vitesse et une sorte d'extension de l'imaginaire métamorphose le réel. Et puis il y avait les autres filles – en majorité d'origine allemande – généreuses, attentives, solidaires. La vieille aussi, voyant que nous étions des filles sérieuses, s'était adoucie et faisait preuve, avec nous, d'une certaine courtoisie. Une nuit, à la pause, elle a sorti de son sac une bouteille enveloppée dans un torchon et nous a servi, dans des gobelets en plastique, un liquide blanchâtre et sirupeux. *Horchata de chufa.*

Le goût de cette boisson me revient en écrivant son nom.

Je voyais bien que Suzanne se rapprochait du copain de Pablo, celui qui tenait le bar. J'avais d'abord constaté qu'il usait de son influence auprès de la vieille pour que ses pauses soient plus longues. Vers quatre heures du matin, la cage de Suzanne restait vide. Cela ne se remarquait pas beaucoup, car elle était située sur le côté. L'éclairagiste, complice, ne l'allumait pas. Suzanne remontait discrètement au moment des adieux. Nous avions alors enfin le droit de délacer nos sandales cloutées, puis d'incliner la tête, comme des comédiens sur un plateau de théâtre au moment des saluts, le regard dirigé vers les derniers clients, une dizaine de types au teint bronzé et à la cinquantaine bien tassée. Des habitués qui restaient chaque matin jusqu'à la fermeture. Des vieux beaux. Des faux jeunes. On les connaissait tous. Ils nous attendaient devant les poubelles, le temps que nous nous changions. Ils n'étaient pas méchants, plutôt timides, plutôt pataud. Quand la vieille sortait pour leur hurler dessus, ils s'éparpillaient comme des moineaux sans demander leur reste.

Suzanne quittait la boîte par une autre porte et était déjà installée dans la voiture où elle m'attendait avec le type du bar quand je partais à mon tour. Un dimanche matin, elle s'est retournée vers moi et m'a dit cette phrase énigmatique, que je n'ai pas osé lui faire préciser : « Je continue avec lui. » Le lendemain, c'était relâche. Le mardi soir, j'ai cru qu'elle allait revenir : toutes ses affaires étaient là ; elle était partie en minijupe en jean et en chemise à fleurs. La vieille ne savait rien. Le patron non plus. Almicar, son copain du bar, avait lui aussi disparu sans raison.

J'ai d'abord erré à sa recherche dans notre quartier. Personne, parmi les *Frenchies*, ne l'avait aperçue ni de jour ni de nuit. Le mercredi, je suis arrivée très en avance dans la boîte pour mener mon enquête. Ni sa copine allemande – avec qui elle s'envoyait en douce des verres de tequila avant son service – ni la fille du bar – avec qui elle échangeait des justaucorps strassés – n'avaient eu de ses nouvelles.

Ce soir-là, je n'avais pas l'intention de danser. Je me suis alors retrouvée enfermée dans la salle de maquillage dont la porte avait été verrouillée. J'étais piégée jusqu'au retour des filles, à la fin de la nuit. De ma prison temporaire, j'avais une vue plongeante sur la salle par un œilleton. À trois heures du matin, le disc-jockey a enchaîné deux slows de Françoise Hardy. Tout s'est alangui. Les quelques clients en bas étaient quasiment allongés sur les canapés, la fille du bar avait quitté son poste pour le centre de la piste où elle esquissait des gestes très lents, qui la faisaient ressembler à une danseuse indienne. Profitant du tamisage des lumières, les danseuses s'étaient recroquevillées au fond de leur cage. J'ai encore tambouriné à la porte.

On est bien peu de chose et mon amie la rose est morte ce matin...

Les larmes brouillaient ma vue. J'ai découvert, derrière un tas de vêtements, l'escalier de sécurité. Il donnait dans les vestiaires. J'ai trouvé par terre une robe de chambre en soie bleue que j'ai ceinturée à la taille avec un morceau de strass.

J'ai dénoué mes cheveux, mis mes lunettes noires et ouvert la porte de la boîte de nuit en m'avançant vers les rideaux rouges. J'ai continué à contourner la piste par le bar. Je fixais le panneau blanc lumineux où était inscrit le mot *SALIDA*. J'avais l'impression d'être une mariée quittant définitivement la noce à la suite d'une brutale intuition. Je savais que je m'éloignais de ce lieu pour toujours mais je ne savais pas vers quelle destination j'allais. J'avais peur de chanceler, d'avoir du mal à marcher droit, moi, cette fille soudain effrayée par la lumière au point de préférer s'enfoncer dans le noir de la nuit.

Florence

Ils avaient largué les amarres et quitté la capitale sans prévenir. Dani avait trouvé, par un journal de petites annonces, une proposition de travail pour eux deux dans une ferme au sud de l'Espagne. L'annonce ne précisait pas les tâches à accomplir. Ils sont partis dans sa vieille deux-chevaux et sont arrivés le lendemain en début de soirée. Dans la cour de la ferme, quatre couples étaient attablés et commençaient à dîner. Tout de suite, sans même leur demander leurs noms, ils ont rajouté deux couverts.

Le lendemain matin, ils ont réalisé qu'ils étaient dans une ferme de babas, spécialisés dans l'élevage industriel de coquelets. Des dizaines de couveuses étaient réparties dans les trois bâtiments qui dominaient la mer.

Ils occupaient, eux, le plus vétuste, mais ils s'en moquaient. Ils avaient immédiatement repéré la terrasse en terre battue donnant sur la mer. Dès le premier soir, ils ont déménagé les matelas à l'extérieur pour pouvoir regarder le ciel tout en fumant des joints.

Ils se réveillaient tard. Il n'y avait pas de rideaux aux fenêtres et le soleil entrait à flots. Ils sortaient pour prendre une douche sommaire dans le cabanon installé juste à côté de la falaise. Chaque matin, c'était le même éblouissement : Florence regardait, nue, immobile, pendant que l'eau coulait sur son corps musclé et bronzé, ce paysage où le bleu pâle du ciel rejoignait la mer foncée avec ses crêtes d'écume au loin. Jamais elle n'avait ressenti cette plénitude, cette liberté, cet accord avec elle-même. C'était comme si elle pouvait se fondre dans ce qui l'entourait. Elle ne percevait pas de frontière. Elle se retrouvait dans le prolongement du monde.

Le soir, elle tentait de tout oublier en buvant de l'alcool et en prenant de la drogue. Il lui fallait de plus en plus de cigarettes de marijuana ou de tours de narguilé. Le patron du café qu'ils fréquentaient chaque soir leur offrait plusieurs possibilités de partir. C'était le terme qu'ils utilisaient. Dani prenait moins de risques que Florence. Il s'arrangeait toujours pour garder un certain contrôle sur lui-même pour accéder en pleine conscience à l'étape suivante : celle de la transe collective, là-haut, sur la pointe de la falaise, où ils rejoignaient leur bande.

Ils déplaçaient lentement leurs pieds sur le sable nu, au son des musiques envoûtantes de Laurie Anderson, et repartaient à l'aube dans leur deux-chevaux décapotable, en mettant Johnny Cash à fond et en roulant à tombeau ouvert sur ces routes jugées très dangereuses.

Ils se ressemblaient tant qu'on les aurait cru frère et sœur. D'ailleurs, quand on le leur faisait remarquer, ils ne se lançaient pas dans des explications. Ils laissaient dire. Cette idée ne leur déplaisait pas. Ici, chacun voulait ressembler aux autres : corps mince presque maigre, jean retenu par une ceinture et, pour les filles, découvrant le ventre, chemises en voile coloré qu'on trouvait sur le marché – vendues par trois par un couple qui prétendait les avoir rapportées d'Inde –, nus-pieds en cuir tressé qu'on ne fermait pas à l'arrière du talon. Fille ou garçon, tous se laissaient pousser les cheveux et les ongles. Un jeune homme travaillant à la ferme s'enorgueillissait d'avoir des ongles comme les serres d'un aigle. Florence en avait peur et le fuyait.

Les éleveurs de coquelets eurent des problèmes de branchement électrique. Un matin, ils trouvèrent soixante volatiles en train d'agoniser. Florence fut obligée de les prendre un par un pour les sortir des demi-lunes de carton où ils étaient emprisonnés. Dani se chargea de les mettre dans des poubelles, qu'il jeta ensuite dans un container de l'autre côté de l'île, près du camping. Ce n'était pas une bonne idée. « Tu vas nous faire repérer », hurla le patron de la ferme. Le ton monta très vite. Il vivait avec sa femme dans la maison du haut. Leur chambre avait des claustras de bois et des moustiquaires qui battaient contre la façade quand le vent de l'après-midi commençait à se lever. La femme du type sortit sur la terrasse avec son bébé dans les bras, maintenu contre elle par une écharpe de soie. Elle lui demanda de baisser le ton, de laisser tomber. Le bébé pleurait. Le type avait les bras ballants. Il regardait sa femme, impuissant. On sentait bien qu'il était furieux, mais il n'avait pas le courage d'affronter la situation. La femme rentra dans la maison et passa sur l'électrophone *Blowin' in the wind*.

C'est Bob Dylan qui a emporté la mise. Le type a monté les marches. Florence et Dani les ont vus, enlacés, en train de danser lentement au milieu de l'entrée. Puis la femme s'est détachée. Elle dansait seule en chantonnant sur l'air de *Like a rolling stone*.

Dressed so fine you threw

With no direction home

Princess on the steeple

How does it feel
To be on your own
With no direction home
Like a complete unknown
Like a rolling stone

Le propriétaire leur laissa quelques jours pour décamper. Ils allaient de plus en plus tôt au café. C'est là que Florence s'est fait piéger. Elle ne lui a rien dit et Dani n'a rien vu venir. Cela faisait pourtant plusieurs jours que ce garçon, cheveux nattés à l'afro, teint d'albâtre et colliers de coquillages autour du cou, l'avait approchée. Ce soir-là, il réussit à l'emmener près des toilettes.

« Tu connais ? Pour toi ce sera gratuit. »

Au début, elle n'a rien senti. Elle s'est demandé si le type ne l'avait pas trompée. Elle a attrapé ensuite une cigarette dans son sac. Et tout a commencé à tanguer. Elle a pris peur. Elle voyait, dans son champ de vision, des ondulations roses puis mordorées. Elle ne sentait plus son corps, à l'exception de son ventre, qui se contractait. Elle entendait des voix, très lointaines, comme ouatées. Elle avait froid. Elle ne savait plus comment faire pour se déplacer. Saurait-elle se lever ? Ou valait-il mieux ramper pour parvenir jusqu'à cet endroit surélevé qu'elle distinguait vaguement et qui ressemblait à un lit ? Elle ne voulait qu'une chose : s'allonger, poser sa tête à l'horizontale, faire en sorte que ça s'arrête, tout ce cirque. Elle ferma les yeux. Elle voyait des ombres grisâtres s'entrelacer.

Elle avait l'impression d'être une toupie tournant sur elle-même à toute vitesse et qui ne pouvait plus s'incliner pour arrêter sa course folle. Puis, tout à coup, elle éprouva une sensation de calme. Un calme immense, une fluidité dans tout le corps. Il lui semblait que son sang s'accélérait et qu'elle devenait une immense tige élastique. Comme dans les contes, elle croyait qu'elle pouvait parcourir des distances immenses avec ses bottes de sept lieues. Rien ne pouvait s'opposer à elle, pas même l'air qui n'offrait aucune résistance. Elle fendit la foule agglutinée dans l'arrière du café. Elle aperçut, au loin, un spot qui découpait les silhouettes de celles et de ceux qui, entre le dehors et le dedans, dansaient, fumaient, riaient, s'embrassaient. Elle voyait, en gros plan, un cou se ployer, des cheveux qui venaient cacher un visage collé contre une chemise. Un garçon dansait seul, ses mains s'agitaient devant lui comme s'il voulait se dessiner un masque. Elle ne savait plus qui elle était. Et James Brown, de nouveau *I feel good*.

Elle plia les genoux. Depuis l'enfance, elle savait que, dans cette position, en prenant appui sur le sol par les mains et les pieds, elle pouvait s'enrouler sur elle-même et attendre que l'orage passe. Elle le croit. Elle pense qu'elle peut le faire mais elle ne se maîtrise pas et elle ne parvient pas à retrouver son point d'équilibre. Ça la fait rire, hurler de rire. Une fille lui tend les bras pour qu'elle se relève. Elle a l'impression d'être une grosse corde par temps de houle dans le port. Ça crisse, ça plie, mais ne se rompt pas. Elle prend un peu d'assurance. Elle va y arriver. Elle est tout près d'y arriver. Elle retombe. Une fille veut l'aider et se penche de plus en plus vers elle. Maintenant, elle l'empoigne à la hauteur des avant-bras, ce qui la fait basculer sur la terre. Son front heurte violemment le sol. La fille crie. Florence l'entend. Sa tête est toute proche de la sienne. Elle ferme les yeux, s'aperçoit que ses mâchoires sont serrées et qu'elle n'arrive pas à décoller ses dents de ses lèvres. Elle entend la musique :

> I *need to, I need to, I need to*
> I *need to make you see*
> I *want you, I want you, I want you*
> I *think you know by now*
> I *will say the only words I know that*
> *You'll understand*
> I *love you*
> I *want you, I want you, I want you*

Suivent des aboiements de chiens et des hurlements de sirènes. Elle s'affole. Elle a honte. Elle n'aime pas l'impression qu'elle a de s'offrir en pâture, inerte, molle, comme si on voyait tous ses viscères. Elle remarque que sa respiration est moins saccadée et elle tente d'ouvrir les yeux, mais elle voit des météorites rouge vif qui foncent sur elle. Elle éprouve de nouveau le vertige. Elle préfère sa nuit. Soudain, un éclair. Puis plus rien. Elle sent qu'elle va s'endormir, enveloppée d'une étrange clarté. Elle va enfin pouvoir se dépouiller de sa prison de chair et rejoindre l'étoile, là-haut, qui scintille si fort qu'elle en cligne les yeux.

Elle se réveilla tôt, le lendemain matin, à cause du soleil. La cellule donnait sur la rue et l'on entendait le bruit des carrioles qui se rendaient au marché. Un artisan criait « Couteaux, ciseaux à affûter ! ». Elle avait soif. Les autres dormaient. Elle s'est recroquevillée dans le fond puis a tenté de se rendormir. Le soleil tombait sur sa nuque. La fille d'à côté parlait dans son sommeil. Une gardienne leur a tendu, à travers les barreaux, des gobelets en plastique remplis d'un liquide marron. Elle leur a ordonné ensuite de se tenir prêtes. Elle a commencé par faire l'appel. Avant de venir les chercher une par une. Aucune des filles ne revenait. Florence fut la dernière à comparaître.

Quatre heures plus tard, elle était libérée.

C'est Dani qui a pris la situation en main et elle a obtempéré. Ils ont rangé leur cabanon, rassemblé les cagettes qui leur servaient de tables et en ont fait un grand feu. Florence a nettoyé le sol, puis l'a aspergé méticuleusement, comme si elle se livrait à un rite purificatoire.

Ils ont voulu donner leur congé au propriétaire. Alors ils se sont avancés dans l'entrée, une grande pièce ouverte à tous vents. Une odeur de lys et d'encens flottait. En bas de la cheminée, un bouddha veillait, une petite flamme brûlait à côté de lui. Ils se sont sentis gauches, intimidés. Ils ont appelé plusieurs fois. Personne, de toute façon, ne pouvait les entendre. Jim Morrison chantait à tue-tête *Light my fire, come on baby, light my fire*.

Ils ont laissé leur narguilé à côté du bouddha et ont rejoint la route pour faire du stop en direction de l'aéroport. Ils ont marché tranquillement jusqu'à la première bifurcation. Pas de voitures. Ils avaient tout le temps. Une camionnette transportant des oranges s'est arrêtée.

Quatrième partie

Le surgissement du réel

Florence

Dani a décidé de passer le baccalauréat scientifique et de tout faire pour obtenir la mention Bien. Il voulait tenter le concours de médecine. Il se serait bien vu chirurgien du cœur, veillant la nuit sur ses patients à l'hôpital public, ce grand navire blanc toujours éclairé qui surplombait la ville.

Florence, sur l'insistance de son père et de Dani, avait finalement consenti à reprendre sa scolarité. L'école publique n'en voulait plus. Elle s'était retrouvée dans une institution religieuse où il fallait porter des jupes plissées, attacher ses cheveux et renoncer à se maquiller. Le plus dur, ce n'était pas cela. Elle s'amusait à jouer les saintes nitouches et elle le faisait très bien. Elle éprouvait beaucoup de difficultés à mémoriser ce qui lui était inculqué. Elle avait beau couvrir ses cahiers d'annotations pour tenter de fixer ce que ses professeurs disaient, le lendemain elle avait tout oublié. Elle avait l'impression que son cerveau était un puzzle dont des pièces, puis des blocs de pièces, tombaient dans un précipice où elle ne pourrait jamais les récupérer. Cette sensation de diminution psychique l'inquiétait, mais elle n'osait pas en parler. Alors, la nuit, elle mettait son réveil à trois heures du matin pour faire travailler sa mémoire. Elle se récitait des listes d'objets et de pays avant de passer aux poèmes et de se rendormir sans s'en apercevoir. Elle voyait son cerveau comme un amas d'algues qu'abandonne la marée, une sorte de masse avec, à l'intérieur, de grandes cavités blanchâtres, calcinées. Elle se sentait, en permanence, menacée. Pourtant, extérieurement, elle donnait le change et était perçue comme une personne douce, souriante, parlant si bas, par souci de discrétion, qu'il fallait s'approcher d'elle pour distinguer les rares phrases qu'elle prononçait.

C'était le jour du début du cours sur *Britannicus*. Le professeur, contrairement à ses habitudes, n'avait pas commencé par ses grandes envolées comparatives et historiques. Il s'était contenté de dire : « On va d'abord écouter le texte. »

Florence a été appelée.

Elle est montée sur l'estrade, s'est mise de profil – le profil qui la cache le plus, avec sa grande mèche, et donne l'impression que son visage est noyé –, elle a ouvert le petit fascicule au liséré rouge et noir et a commencé à lire, puis à dire, puis à ressentir, puis à devenir, puis à s'abandonner à ce chariot de feu.

Phèdre l'avait sauvée. Elle reprenait confiance. Elle ressentait cette langue, jugée parfois précieuse et lointaine, comme naturelle, proche d'elle-même, sinon protectrice. Elle savait comment s'y ébrouer et y trouvait une manière de respirer. Elle prit appui sur ce plaisir intense, cette jouissance inconnue d'elle, pour sauter, ainsi qu'à la marelle lorsqu'on atteint le paradis, tous les autres obstacles, devenus tout d'un coup dérisoires à ses yeux. Elle savait les vers de Racine par cœur. Comme si les alexandrins agissaient en elle à la façon d'une sorte de « moteur de recherche » qui s'était enclenché automatiquement : elle entendait, elle apprenait, elle écoutait, elle se souvenait. Sa mémoire devenait une grange ouverte à tous les savoirs hétérogènes qui venaient s'y déposer dans un joyeux désordre.

Le jour du baccalauréat, elle perdit tous ses moyens. Il est vrai que, la veille, une de ses petites camarades, qu'elle pensait bien intentionnée, lui avait donné deux comprimés de corydrane qu'elle avait avalés à onze heures du soir. Après une nuit blanche, elle arriva dans la salle les mains moites ; des perles de sueur tombaient de ses aisselles. Elle était en nage. Elle avait oublié sa carte d'identité dans son casier. Elle courut la récupérer et entendit les battements de son cœur lorsqu'elle traversa la rue. Elle ne sut pas dire ce qu'elle avait écrit pendant l'épreuve. Elle n'en gardait aucun souvenir. Ce dont elle était sûre, c'est qu'elle avait échoué. Elle n'a pas voulu aller voir la liste des résultats. Ce matin-là, elle écoute en boucle Sylvie Vartan : *Ce soir je serai la plus belle pour aller danser, danser*, allongée sur le canapé. Son père fut obligé d'arrêter le tourne-disques pour qu'elle l'entende répéter : « L'oral, c'est dans deux jours. Tu es repêchée. »

Son père voulut lui offrir un billet pour l'Amérique pour la récompenser. Elle refusa. Elle rêvait d'écouter du théâtre. Il craignait qu'elle ne repique et se méfiait des festivals. Dani est intervenu. Ils ont promis de ne pas rechuter.

Direction Avignon. À la grande honte de Florence, son père avait souhaité vérifier la voiture de Dani. Il était revenu quelques heures plus tard. Il s'était perdu dans la grande banlieue, avait décidé de suivre la Seine, s'était retrouvé sur un chemin de halage, avait eu envie de marcher puis s'était allongé sur l'herbe et s'était assoupi.

Le lendemain, ils partaient. Quatre jours de route buissonnière. Ils avaient relevé la capote de leur vieille guimbarde. Le soleil tombait sur ses jambes qu'elle avait toutes blanches. À la radio, entre deux reportages sur le Tour de France, on entendait Salvatore Adamo laisser croire que la neige tombait.

C'est dans la queue pour tirer de l'eau à la fontaine du camping de la Barthelasse que j'ai vu Florence pour la première fois. J'ai aperçu d'abord son corps de dos. Son côté gracile, félin. Elle se déhanchait d'un pied sur l'autre en cadence, comme si elle écoutait une petite musique intérieure. Elle m'a demandé de l'aide pour porter le seau jusqu'à la tente. Devant, elle avait installé trois saris rose et vert qui tenaient au sol, malgré le mistral, grâce à des pierres peintes en bleu. Elle m'a offert un café. J'ai accepté. Puis un joint. J'ai dit : « C'est trop tôt, allons nous baigner. » À la piscine municipale, elle s'est allongée, souveraine, au milieu des cris d'enfants, et s'est endormie. Moi, je la regardais. Je n'étais pas la seule. Une bande d'adolescents bruyants n'arrêtait pas de la siffler. Elle a affecté de ne rien entendre ni voir lorsqu'elle s'est réveillée. Nous avons marché en direction du pont d'Avignon. À six heures du soir, nous sommes arrivées à la rambarde. Il nous restait une bonne demi-heure de marche. On avait beau lever le pouce, personne ne s'arrêtait. Elle a murmuré : « Cette nuit, Dani nous ramènera. » Je n'ai pas posé de questions. Nous avons continué à marcher sur le pont avec nos bardas sur le dos et les lanières qui nous striaient le haut des omoplates, face au mistral. Des centaines de grains de poussière nous rentraient dans les yeux, les narines, les cheveux. On s'envolait.

Béjart, vêtu entièrement de noir, était assis sur le côté droit de la petite estrade de bois. Il était accompagné de deux de ses danseurs. À force de déambuler dans les ruelles derrière le palais des Papes et de se laisser distraire par les parades, nous étions arrivées en retard au débat du Verger. Il n'y avait plus aucune place sur les bancs, installés en quinconce face à la muraille. L'intervieweur avait du mal à établir le dialogue. Le micro faisait des larsens. Le vent s'engouffrait dans la bonnette et ses paroles étaient peu audibles.

Béjart répondait à des questions qu'il n'entendait pas. Il parlait et, de sa voix profonde dont les mots se détachaient, il expliquait que marcher – marcher d'une certaine façon – c'était aussi danser. Tout reposait sur la verticalité du corps, la prise de conscience du volume de son corps dans l'espace. La respiration descendait très bas dans le ventre pour irriguer les deux côtés de la cage thoracique et permettre l'envol.

Il parlait maintenant seul, sans se préoccuper des questions. Sur un ton si doux, il continuait à donner un cours au public en le regardant fixement, comme quand on s'adresse à un interlocuteur. À un moment, il s'est légèrement tourné, si bien qu'il nous faisait face. Oubliant le micro, il s'est levé et a commencé à improviser une série de pas de deux.

Le vent plaquait sa chemise sur son corps et il claquait des doigts pour rythmer son improvisation. Ses pieds frappaient l'estrade. On aurait dit un danseur de flamenco. Il tournoyait sur lui-même. Il nous avait oubliés. Il a fermé les yeux. Quand il les a rouverts, en retrait, sur une chaise derrière un arbuste, il a aperçu Pierre Boulez. Il l'a applaudi. Tout le monde l'a applaudi. Tout le monde, debout, acclamait Béjart rendant hommage à Boulez.

Puis il lui a demandé de monter sur scène. Boulez faisait des grands signes de refus et, avec ses bras, lui enjoignait de continuer seul. Béjart a sauté comme un fauve dans le public pour aller le chercher. Nous battions tous des mains. Ils étaient là, tous les deux, ils semblaient si proches de nous. Nous aurions pu les toucher.

Ils ont parlé pendant une heure et demie de la solitude dans laquelle ils s'enfermaient volontairement avant toute création. Ils avaient recours à un vocabulaire de charpentier pour tenter de décrire leur métier. Boulez, avec ses mains, dessinait dans l'espace des figures géométriques compliquées pour expliquer la naissance d'une partition et le premier élan spontané de création, nécessairement contrebalancé par la recherche d'une pulvérisation furieuse de la continuité. Béjart écoutait, le dos très droit. Ses pieds, par moments, frappaient la cadence. La voix de Boulez donnait, en effet, envie de danser. Nous étions subjugués. Ils ont interrompu leur conversation en s'excusant. Ils devaient rejoindre le palais. Il y avait encore des choses à ajuster pour la représentation du soir. Des poursuites de lumière. « Rien n'est encore définitif », répétaient-ils en riant comme des gamins. On les sentait pourtant traqueurs, inquiets.

Trois heures nous séparaient du début de la représentation.

Je me souviens qu'une fois franchie la porte du palais, alors que nous étions très en avance, nous avons réalisé que le spectacle avait déjà commencé. Sur la scène, des danseurs s'échauffaient sans prendre garde au public qui s'installait. Un battement de tambour répétitif nous plongeait dans une temporalité inhabituelle. Nous cherchions la source du son. Ce sont nos voisins qui nous ont montré, accroché sur la façade sud du palais, un musicien sur une petite nacelle, le torse nu, les cheveux longs qui s'envolaient puis se rabattaient sur son visage, pendant qu'il continuait, imperturbable, à jouer de son instrument.

Il faisait très froid sur les gradins. Dani nous avait rejointes et avait eu la bonne idée d'apporter deux sacs de couchage qu'il avait roulés, puis attachés, avec du gros Scotch bleu. Florence et moi, nous nous sommes collées l'une contre l'autre en déployant l'une des couvertures sur nos épaules. Dani, lui, a fait comme s'il était au camping. Il s'est installé dans l'autre sac de couchage dont il a remonté la fermeture Éclair jusqu'au cou.

Les rappels ont été nombreux. Boulez et Béjart se tenaient par la main au milieu des danseurs et des musiciens. Les projecteurs aveuglaient leur regard. Ils avaient l'air d'enfants timides, étonnés de nous voir maintenant tous debout, battant des mains, frappant du pied, cherchant à les faire rester, voulant prolonger ce moment de pureté, de beauté, cette sensation que nous avions d'avoir vu une forme nouvelle, quelque chose d'inhabituel, une succession de fulgurances que nous n'avions peut-être pas su toutes capter.

Nous savions bien que c'était fini mais nous cherchions à prolonger notre enchantement. Être avec eux, être avec nous aussi, entre nous, cette communauté si vivante, vibrante. Nous n'osions pas nous embrasser, mais nous l'aurions bien fait. Nous nous contentions de nous regarder, émus d'avoir vécu ce moment et tous désireux de faire durer la nuit pour être à la hauteur de la grâce qui venait de nous être offerte.

Florence avait plusieurs longueurs d'avance sur moi. Elle était déjà mûre, alors que je me sentais pataude, mal dégrossie. Elle irradiait d'une beauté éclose, assumée, dont elle ne jouait pas, mais qu'elle savait utiliser, notamment pour convaincre, en usant de l'expressivité de son regard et de la perfection du dessin de ses lèvres.

À côté d'elle, j'étais un petit chat mouillé, aux genoux trop apparents, aux jambes trop fines, aux oreilles décollées, que je tentais de cacher par des catogans qui ne tenaient pas longtemps. La seule chose qui avait grâce à mes yeux était la maigreur dont j'avais hérité malgré moi. Je ne cherchais pas à en tirer parti, mais j'avais constaté qu'en portant des minijupes, les défauts devenaient quasi des qualités. Le côté rachitique me donnait presque un style et me permettait de passer inaperçue au milieu de cette foule de filles vêtues des tee-shirts moulants sans soutien-gorge et des shorts très échancrés et savamment effilochés.

Les filles étaient sublimes, cet été-là. Elles ressemblaient à des lionnes, portaient la frange qu'elles coupaient elles-mêmes le plus près possible de la paupière supérieure, ce qui les faisait cligner des yeux tout le temps en leur donnant l'air de babies séductrices poussées en herbe trop vite. C'était la mode crinière chez les garçons et les filles. On se coiffait rarement. On nattait quelquefois. Les rastas enfouissaient leurs cheveux dans de grands bonnets multicolores d'où ils s'échappaient par grosses mèches. Nous, on les ébouriffait avec nos mains après les avoir mouillés, pour se donner le look beatnik. On se mettait du khôl aux yeux avec de petits bâtonnets en bois achetés au marché des artisans, le long du Rhône, à des types qui se disaient hippies. Ils nous expliquaient qu'ils étaient en transit à Avignon. Ils s'apprêtaient à faire ce qu'ils appelaient la grande boucle, Ibiza, Formentera, avant de repartir pour Goa, au début de l'automne.

Avignon était alors un grand caravansérail où se croisaient des professeurs du secondaire qui venaient retrouver, chaque été, Jean Vilar et sa troupe. On les appelait les amoureux du TNP. On les reconnaissait assez vite à leur petite besace dans laquelle ils mettaient leur programme et la documentation recueillie. C'étaient surtout des couples, qui arrivaient en avance à chaque spectacle, ne manquaient jamais les rencontres du Verger et s'enhardissaient, vers le milieu du festival, à lever le doigt pour poser des questions aux artistes. Ces festivaliers, Vilar les connaissait bien, quasi individuellement. Il avait patiemment construit des cercles de fidélité, grâce aux rencontres qu'il organisait et au temps qu'il donnait au public, acteur majeur, selon lui, de ce festival conçu comme une sorte de lieu de communion. Il avait réveillé la ville. Il avait fait ouvrir des chapelles, des cloîtres, découvert de nouveaux lieux, aménagé la Cour d'honneur du palais des Papes et mis en valeur le parvis. La blancheur des pierres, qui faisait mal aux yeux le jour, créait, la nuit, quand elles étaient éclairées, une atmosphère surréelle.

Nous avions l'impression d'être des pèlerins déambulant dans le lacis des ruelles sur des pavés disjoints, pieds nus le plus souvent. Nous appartenions à une communauté de vivants et nous savions que la promesse serait tenue : écouter, chaque après-midi, des artistes parler de leur engagement et, le soir, être étonnés par une telle profusion de beauté.

Florence m'avait fixé rendez-vous en fin d'après-midi au bar-tabac de la place des Carmes. Déjà, il y avait foule. Impossible de trouver ne serait-ce qu'une chaise à une table occupée. J'ai fait comme tout le monde. Je me suis assise par terre à l'entrée du cloître, dont les grilles étaient encore ouvertes. Des comédiens entraient et sortaient par groupes de cinq ou six, des hommes très beaux, torse nu. Ils portaient des pantalons flottants couleur ocre qui tenaient sur le bas de leurs hanches par des bandelettes en toile découvrant leur ventre au nombril dessiné, d'où partaient des pétales bleu foncé. L'un d'entre eux nous a apostrophés et nous a demandé de nous rapprocher des grilles pour laisser de l'espace à toutes les personnes qui arrivaient sur la place. Tout d'un coup – et je ne sais comment – l'attente du spectacle s'est transformée en manifestation. Personne ne l'a voulu et encore moins décidé. Des membres du Living se sont levés. Ils parlaient anglais. Ils expliquaient leur philosophie, évoquaient leur famille, celle qu'ils avaient inventée. Je ne comprenais pas tout. Au fur et à mesure que la nuit tombait, je voyais sortir du théâtre des jeunes femmes aux yeux très maquillés qui ressemblaient à des déesses indiennes. Certaines étaient vêtues de soies transparentes, qui laissaient deviner des corps aux seins lourds et aux hanches généreuses. D'autres avaient les seins nus et portaient dans leurs bras des enfants en bas âge, qu'elles berçaient.

Bientôt, un acteur du Living a commencé non plus à nous parler, mais à haranguer la foule. Il a pris Vilar à partie. Il a parlé des CRS et du pouvoir. Il a relayé l'insulte « Vilar, Béjart, Salazar ». La foule grondait. Il nous demandait de répéter ses slogans. Je n'obtempérais pas, mais n'en menais pas large. Et Florence qui n'était toujours pas là.

D'elle, j'attendais la ligne de conduite, la manière de me comporter, le mode de compréhension de la situation. Elle possédait les codes et savait s'il fallait rester ou pas. Déjà, le jour précédent, elle m'avait fait signe de décamper d'un faux débat, sur la place de l'Horloge, où des types avaient commencé à insulter copieusement Jean Vilar avant de s'empoigner physiquement.

Le festival avait changé de nature, de vitesse aussi. De la gare d'Avignon, des voyageurs descendaient par trains entiers, soit en groupe, soit seuls, désorientés, ne sachant comment terminer ce qu'ils avaient vécu comme une révolution qui leur avait été confisquée et n'en finissait pas de mourir. Elle les avait arrachés à leurs habitudes et, pour certains, avait bouleversé leur vie. Ils ne savaient plus très bien qui ils étaient, et se retrouvaient ainsi dans un temps suspendu, celui d'un présent qu'il fallait coûte que coûte savoir éterniser, en ne dormant plus ou très peu. Ils étaient épuisés, mais ne voulaient pas le reconnaître. Ils n'avaient nulle part où aller et ne savaient à quel saint se vouer. Avignon était devenu leur purgatoire, leur chambre d'échos, le lieu de leurs souffrances encore inexprimées. Avignon représentait la queue de comète des désillusions, en même temps, peut-être, que l'hypothèse d'un recommencement de la révolution. Ils savaient que c'était fini mais ne voulaient pas s'y résoudre. Ils ne souhaitaient pas tourner la page et oublier ces grands moments d'espérance, de communion avec les autres, ces chaînes de solidarité dans les manifestations, ces mains enlacées à celles d'inconnus, levées en cadence au moment des refrains, ces discussions improvisées toute la nuit sur le réenchantement du monde. Au petit matin, ils enrageaient. Ils devenaient méchants, cinglants, sarcastiques. Ils ne savaient pas comment s'en sortir.

Ils s'étaient massés devant le théâtre et formaient une sorte de cercle. Ils affluaient de toutes parts, certains avec des chiens. La troupe du Living essayait de canaliser les énergies de toutes ces personnes. Julian Beck, grand, torse nu, maigre, les cheveux longs, la voix grave, électrisait la foule en jouant au gourou, apôtre de la non-violence et de l'amour libre. Une comédienne de la troupe a commencé à escalader les grilles et s'est lentement déshabillée en jetant ses vêtements à la foule dans un strip-tease savant. À chaque pièce enlevée, les gens applaudissaient. Il n'y avait aucune obscénité dans cette nudité surexposée. L'actrice ressemblait à une Marie-Madeleine pleurant le devenir du monde. Elle s'offrait aux regards mais avec une moue de souffrance et de compassion. Des garçons ont voulu la rejoindre. Puis des filles sont montées pour exécuter le même geste. Au bas des grilles, de très jeunes gens faisaient des poiriers improvisés. Maintenant, les filles se battaient pour monter le plus haut possible. Elles soulevaient leurs jupes pour s'asseoir sur les épaules des garçons. Certains tombaient. La foule se dégageait. Des filles et des garçons repartaient à l'assaut des grilles en ayant pris soin de s'être débarrassés de leurs vêtements.

Beck avait trouvé un mégaphone avec lequel il apostrophait les gens, dénonçant l'appel, fait par Vilar, aux forces de police qui ceinturaient déjà le quartier pour lui porter secours. Un vent de panique a commencé à séparer tous ces gens qui, comme moi, étaient assis sur le sol, écoutant, regardant, attendant que la nuit tombe et que le Living commence à ouvrir ses portes pour la représentation.

En me levant, j'ai aperçu, contre les grilles, Florence qui me faisait signe de la rejoindre. Ça criait de plus en plus fort, « CRS SS », « Il est interdit d'interdire », « Vilar, Béjart, Salazar ». Le mur humain s'était écroulé. Certains tentaient de fuir par les côtés en fendant la foule à rebours, mais il leur était impossible de traverser la ronde qui s'était formée et qui tapait des pieds en chantant des slogans hostiles à Vilar, rythmés par de petits tambours sur lesquels tapaient des enfants. Plus personne n'avait la notion du temps. Le spectacle était dans la rue et le Living nous avait conduits, sans coup férir, à nous mettre dans une sorte d'état de transe ou d'hypnose, dans lequel nos corps répondaient à leur mouvement, la voix envoûtante de Beck nous servant de guide. On ne voyait pas les CRS mais on était sûrs qu'ils étaient là, juste derrière nous, prêts à nous embarquer.

J'ai tourné la tête. La foule grondait de plus en plus. C'est à ce moment-là que je l'ai vu. Seul, maigre, le visage fatigué, il nous regardait sans bouger. Vilar semblait épuisé. Il cherchait à accrocher un regard. Peut-être espérait-il nouer un dialogue. Je ressentais physiquement son éloignement. Il était devenu un étranger. Quelques minutes plus tard, dénoncé par un des membres de la compagnie, il deviendra un ennemi contre-révolutionnaire. Les injures et les accusations de complicité avec les forces de l'ordre pleuvaient sur lui. Hébété, il faisait des gestes avec ses bras pour nier et tenter de s'expliquer. Sa voix ne nous parvenait pas. Quelqu'un lui a tendu un mégaphone. La rumeur était trop forte. Personne ne voulait l'écouter.

Tout se passait à l'intérieur du cloître où Florence avait réussi à s'introduire. J'étais bloquée le long des grilles à deux ou trois mètres de l'entrée et je n'arrivais pas à progresser dans cette mêlée qui me rejetait de plus en plus loin. Florence a tendu un bras de l'autre côté et je m'y suis agrippée. Avec un peu d'élan, j'ai pu monter sur un muret. Les grilles étaient désormais fermées. Le spectacle affichait complet. J'entendais le bruit des tambours et celui des pas sur le plateau. Des garçons m'ont proposé de faire une pyramide. J'ai jeté mes espadrilles, remonté mon jean. En haut, ils ont dit : à trois on y va. J'ai fermé les yeux. J'ai basculé.

Nous avons réussi à nous installer par terre, dans les travées, non loin de l'estrade. Des danses succédaient à des improvisations qui suivaient elles-mêmes des discours. Tout était lent mais pas hystérique, technique et pas convulsif. Chacun d'entre nous était considéré comme un acteur en puissance et était invité à monter sur le plateau pour se mélanger à la troupe. On s'applaudissait mutuellement. Ça sentait le pétard mouillé et l'atmosphère est devenue bon enfant.

Florence a sauté sur le plateau. Elle s'est mise à danser. Sa cheville droite, ornée d'un bracelet, faisait des éclairs dans la nuit. Puis la moitié des spectateurs s'est enhardie. Il y avait autant de faux acteurs sur le plateau que de pseudo-spectateurs dans l'assemblée. Tout le monde a dansé, ou plutôt tout le monde s'est déhanché en faisant du sur-place. Nous déplacions nos bras au-dessus de nos têtes au rythme des tambours pour dessiner avec nos mains le V de la victoire.

Nous sommes reparties à six heures du matin. La place de l'Horloge était couverte de tracts froissés que les éboueurs, avec de grandes piques, ramassaient. Des piles de journaux subissaient le même sort. J'avais l'impression qu'avec ce linceul de papier, c'était toutes nos espérances dont nous avions à faire le deuil. Un groupe de garçons nous a invitées à boire un café à la *Civette*. Ils n'ont parlé que de cinéma, nouvelle caméra, coopérative. Ils partaient en camping-car, plus au sud, rejoindre des syndicalistes révolutionnaires, amis de petits cultivateurs qui les hébergeaient.

Ils nous ont proposé de venir avec eux. « Avignon, c'est foutu, disaient-ils, mais la lutte continue ailleurs et autrement. » Florence, sans me consulter et à ma grande surprise, a tout de suite accepté. Un des garçons l'a emmenée jusqu'au camping chercher son paquetage. Elle est tombée sur Dani à qui elle n'a donné aucune explication et qui en est resté abasourdi. Je l'attendais en buvant café sur café. Elle ne m'a pas demandé de l'accompagner. J'en aurais été d'ailleurs bien incapable. J'avais peur de suivre ces inconnus, tout en me sentant un peu minable. Ils étaient, eux, dans le mouvement. Ils se déplaçaient géographiquement tout en conservant leur désir de rompre les amarres, de s'inscrire dans un autre rapport au temps, de se laisser guider par leur désir et le goût de l'aventure. Ils savaient qu'ils allaient à la rencontre de personnes qui parlaient la même langue qu'eux et voulaient changer de vie.

J'ai accompagné Florence jusqu'à la petite place où ils s'étaient fixé rendez-vous. Ils ont chargé devant nous deux bidons d'essence et une dizaine de bouteilles d'eau à l'arrière du camping-car. Florence s'est mise à l'avant, à côté du conducteur. Quand la voiture a démarré, elle a baissé les yeux sans me dire au revoir.

Il faisait déjà très chaud quand j'ai obliqué sur le pont en direction de l'île de la Barthelasse. Un cirque s'était installé dans la nuit sur le terrain vague. Une jeune femme, avec une jupe noire et un haut en satin rouge, apportait de la nourriture aux deux dromadaires, pendant que des hommes plantaient des piquets avec difficulté sur ce sol meuble, à moitié sableux. La fille m'a abordée pour me demander si j'avais des cigarettes. Elle parlait, elle parlait. Je la comprenais à peine. Elle racontait qu'ils venaient du Portugal. Elle voulait savoir si le cirque Bouglione était toujours à Uzès, son ami y était, un trapéziste, dont elle était sans nouvelles. Elle était insistante, je n'arrivais pas à me séparer d'elle. Finalement, je l'ai plantée là. J'ai foncé droit devant moi, en courant. La tente était ouverte. J'ai plaqué mon corps au sol, j'ai mis sur ma tête une serviette de bain pour tenter d'atténuer l'intensité de la lumière. J'ai fermé les yeux. Je claquais des dents. Mon corps entier tremblait. J'avais l'impression de rentrer dans l'hiver.

Suzanne

Suzanne et son compagnon ont fait la tournée de la Costa Brava. Tous les soirs, ils changeaient de station balnéaire. Tous les soirs, ils allaient dans un restaurant chic puis en boîte de nuit. Suzanne, au début, était éberluée et fascinée par les manières de ce jeune voyou qui savait faire la fête et claquer de l'argent.

Il l'appelait ma princesse. Mais la princesse n'était pas assez dénudée la nuit, quand il la sortait, et il lui demandait, chaque soir, de s'habiller de manière encore plus provocante. Elle n'était jamais assez maquillée. Il lui en faisait le reproche.

Un jour, il l'a emmenée dans un magasin de cotillons tenu par une vieille dame. Derrière la vitrine de farces et attrapes, à l'intérieur, il y avait des accessoires pour des cérémonies sexuelles et des sous-vêtements affriolants. Suzanne eut beau dire qu'elle n'en avait pas besoin, son compagnon lui a acheté la moitié du stock. De quoi tenir plusieurs saisons.

Il avait ses colères. Soudaines et dévastatrices. Il n'avait jamais assez d'argent. Selon lui, on lui en devait encore et encore. Il jouait et choisissait les villes où ils faisaient étape selon la catégorie des casinos. Il les aimait populaires avec beaucoup de machines à sous. Il contraignait Suzanne à l'accompagner et à miser. Il se collait contre elle à la table et, quand elle faisait mine de s'arrêter, il avançait les jetons à sa place

Elle se sentait de plus en plus prisonnière. Elle appela un jour sa mère d'une cabine téléphonique pour la rassurer. Tout allait bien. Elle rentrerait de Barcelone au début de l'automne. Son compagnon était resté à ses côtés pendant toute la durée de la conversation, comme s'il voulait s'assurer qu'elle ne le trahissait pas.

En somme, elle était sous son contrôle. De jour comme de nuit. Il changeait souvent de voiture sans raison et connaissait les propriétaires des garages, qu'il appelait par leurs prénoms. Il était rare qu'il ne connaisse pas personnellement les patrons des établissements de nuit, qui le recevaient comme s'il était l'un des leurs. Il réservait généralement une table au nom de Don José. Il commandait une bouteille de champagne et obligeait Suzanne à boire.

Elle ne disposait plus d'elle-même et était assignée à résidence. Elle ne pouvait plus se promener seule. Un après-midi, alors qu'il s'était assoupi, elle laissa un mot sur le lit, referma la porte sans faire de bruit. Elle traversa la rue, s'allongea sur un matelas, avant de courir se baigner. Elle nagea longuement en fixant la ligne d'horizon. La mer était chaude. Elle sentait son corps délié, musclé. Cela faisait longtemps qu'elle n'avait pas éprouvé cette sensation de plénitude et de maîtrise de soi.

Quand elle fit demi-tour, elle vit, sur la plage, une silhouette qui s'agitait. En s'approchant, elle comprit que c'était lui. Il n'a pas dit un mot. Elle n'eut pas le temps de se sécher. Il la prit violemment par le bras pour rentrer à l'hôtel. Dans la chambre, il la jeta sur le lit. Son maillot était encore humide et des gouttes d'eau de mer tombaient de ses cheveux, qu'elle avait relevés en arrière pour pouvoir nager. Elle haletait. De peur ou à cause de l'effort physique qu'elle venait de fournir ? Elle ne pouvait le dire. Elle se revoyait enfant, tout d'un coup, enfermée dans la salle de bains tandis que sa mère tambourinait à la porte, lui intimant l'ordre d'ouvrir pour écouter ce qu'elle avait à lui dire. Ce sentiment d'illégitimité, qui l'habitait depuis le début de son adolescence, et auquel elle n'avait plus songé depuis qu'elle avait quitté le domicile familial, lui revenait par vagues.

Il ferma la porte à clef et lui immobilisa les poignets par la main gauche. Avec la droite, il essaya de la gifler. Sa main glissa à cause des cheveux mouillés. Il hurlait des insanités en espagnol. Il hurlait si fort que Suzanne pensa que quelqu'un allait arriver pour lui porter secours. Il continuait. Il tapait sur le crâne, la nuque. Il n'arrivait pas à trouver le visage. Suzanne ne bougeait plus. La tête enfoncée dans l'alvéole du matelas, elle tentait de retrouver sa respiration en cherchant l'air au fond de ses poumons.

Soudain, il lâcha prise. Elle resta immobile.

Il n'était plus sur le lit mais au bord du lit. Puis il se leva. Il tenait quelque chose à la main.

Elle a entendu un sifflement. Elle n'a pas compris. C'était comme une morsure de serpent. Ça brûlait et la douleur irradiait tout de suite après.

Et ça recommençait. Le dos, puis les cuisses. Puis, de nouveau le dos.

Elle se retourna brusquement, lui prit la ceinture des mains et alla s'enfermer dans la salle de bains.

Elle ouvrit la douche pour se rincer. Elle s'y reprit à trois fois. Le pommeau glissait entre ses doigts tant elle tremblait. L'eau froide lui a fait l'effet d'une gifle prolongée. Son corps entier était une plaie.

À Valladolid, profitant d'une séance de poker qui s'éternisait, elle réussit à s'échapper en faisant du stop. Elle arriva à Mende où sa mère vivait une semi-retraite dans un état de total délabrement physique et psychique et dans une grande solitude. Elle ne voulut rien lui raconter. Elle se laissa soigner comme un bébé. Pour la première fois, chacune put jouer son rôle.

À son initiative, je l'ai rejointe à la fin de l'été. La mère m'a fait la fête. La fille aussi. Lors des longues nuits que nous avons passées ensemble, elle a souhaité me raconter tout ce qu'elle avait enduré depuis que nous nous étions quittées.

Pourquoi jouer avec le feu ? Pourquoi ce goût du danger ? Pourquoi suivre un inconnu ? Elle ne voulait pas répondre, juste raconter l'apprentissage de la servitude volontaire, les cérémoniels de l'appropriation de soi, qui conduisent à l'indifférence vis-à-vis de son propre corps, la répétition des contraintes que produit une séduction captive.

Suzanne revenait de loin. Sa parole la libérait. C'était comme si elle crachait du venin.

Elle est montée à Paris avec moi. Sa mère, qui venait de toucher de l'argent grâce au procès en paternité qu'elle avait finalement décidé d'intenter, lui avait donné un petit pécule pour lui permettre de louer un appartement.

C'était un deux-pièces calme et lumineux dans un quartier mort à la frontière entre le quatorzième et le quinzième arrondissements. La baie vitrée donnait sur un réservoir et, au-delà, sur des terrasses en ciment. Sur la gauche, des cheminées d'usine étaient en activité jour et nuit. Le soir, elles clignotaient avec des lumières rouges, peut-être pour alerter les avions de tourisme. L'héliport n'était pas très loin et des hélicoptères, surtout le samedi matin, faisaient du sur-place au-dessus du réservoir, avant d'avoir l'autorisation de se poser sur la pelouse. Ils faisaient un bruit de guerre et nous réveillaient brutalement, le cœur battant la chamade.

Nous avions décidé d'habiter ensemble. « Cela tombe sous le sens, m'avait-elle dit. Pas seulement pour des raisons économiques mais aussi psychologiques. Tu vas pouvoir m'aider. » J'avais refusé que cela soit une condition. Vivre avec elle ne signifiait pas partager ses obsessions. Je savais qu'elle voulait retrouver son père. J'avais même tenté de la dissuader de mener ses recherches au moment où son emploi du temps d'étudiante en médecine la requérait huit à dix heures par jour. Elle avait balayé l'objection d'un revers de la main et avait recommencé à me questionner. « Tu as vraiment envie de m'aider ? »

Sa mère, lors d'un moment d'abandon pendant sa convalescence, lui avait enfin lâché le nom de son père, sans vouloir ou pouvoir lui préciser où il exerçait. Elle savait seulement qu'il était propriétaire d'une clinique dans la région parisienne. Il exerçait la médecine dans une spécialité, mais elle ignorait laquelle.

Suzanne commença ses recherches. Des « docteur Beaune », en grande banlieue, elle en avait trouvé plus d'une cinquantaine.

Alors, chaque soir, lorsqu'elle rentrait à l'appartement, elle cochait un nom sur la liste et appelait. C'était un travail d'approche compliqué. Elle tombait généralement sur des standardistes qui demandaient des précisions avant de lui passer le secrétariat du médecin. Il fallait rappeler, prendre une autre identité, travestir sa voix. Quelquefois, quand elle éprouvait un doute et qu'elle n'avait pas obtenu assez d'éclaircissements, elle me demandait de rappeler à sa place.

J'étais maladroite, je ne savais pas poser les bonnes questions. On me raccrochait souvent au nez, au désespoir de Suzanne, qui assistait, impuissante et défaite, à mes premiers pas malheureux d'enquêtrice.

Quand elle éprouvait le moindre doute, elle se déplaçait. Elle prenait des trains, des bus, pour arriver devant des cliniques où elle essayait de se faire recevoir par la collaboratrice du médecin dans l'espoir de connaître son prénom, sa spécialisation, la date à laquelle il avait commencé à exercer. Mais quelque chose ne collait pas. Elle questionnait sans relâche et les femmes à qui elle s'adressait n'avaient pas l'air étonnées de sa démarche. Le plus souvent, en tout cas, elles lui répondaient sèchement. Suzanne revenait de ces expéditions abattue et désemparée, prête à renoncer. C'est moi, alors, qui lui remontais le moral et l'encourageais à ne pas lâcher prise si près du but.

Le jeudi soir, je rentrais tard à cause du travail qu'une de mes amies, à la Sorbonne, m'avait permis d'obtenir dans le cadre d'un vaste programme qu'avait lancé le département de sociologie du CNRS sur la question juive. Une batterie d'enquêteurs avait mis au point un questionnaire de douze pages qui avait été envoyé à des milliers de personnes. Certaines n'avaient pas répondu. Avec d'autres camarades étudiants, j'avais été recrutée pour frapper à la porte des personnes qui n'avaient pas accusé réception. Je devais, à nouveau, leur donner le questionnaire, tout en expliquant la démarche scientifique.

Ce n'était pas de tout repos.

Ce soir-là, je rentrai déprimée et désarmée par l'agressivité de plusieurs de mes interlocuteurs qui m'avaient vertement insultée à l'idée que j'aurais pu les prendre pour ce qu'ils n'étaient pas, alors qu'ils se vantaient d'être alsaciens depuis cinq générations.

Suzanne, elle, était fiévreuse et excitée. Elle l'avait retrouvé. Il avait accepté de lui parler par téléphone. Elle avait plusieurs indices concomitants et, par un jeu de questions, elle avait compris que ce ne pouvait être que lui. « Alors je suis votre fille, j'ai vingt et un ans et je veux vous rencontrer. » Suzanne me répétait cette phrase, étonnée elle-même de sa propre audace et interloquée de la réponse tranquille de cet homme qui ne s'était aucunement dérobé et lui avait fixé un rendez-vous, le lendemain soir, au *Cluny*, à l'angle du boulevard Saint-Germain et du boulevard Saint-Michel.

La journée du lendemain fut interminable. Pour Suzanne, certes, mais aussi pour moi. J'imaginais les différents scénarios. Je me demandais s'il allait lui tendre la main ou l'embrasser. Allait-il l'inviter à dîner ?

Suzanne s'était faite belle comme pour un rendez-vous amoureux. C'en était un. Peut-être l'un des plus importants de sa vie.

Elle l'a attendu jusqu'à neuf heures du soir. À regret, elle dut ensuite quitter le café, le cœur à l'envers, un goût de nausée dans la bouche, les jambes en capilotade.

C'est alors que le téléphone a sonné.

Oui, il était venu. Dans le brouhaha et les allées et venues, de son poste d'observation, il avait imaginé toutes les hypothèses. Il s'était même présenté à deux jeunes filles.

Ils s'étaient vus mais ils ne s'étaient pas reconnus.

Le lendemain, grâce au journal *Le Monde* à la main – signe de reconnaissance qu'ils s'étaient choisi – ils tombèrent dans les bras l'un de l'autre.

Le dimanche suivant, Suzanne fut invitée à déjeuner par son père. Elle fit connaissance de ses trois frères, plus âgés qu'elle, et de ses deux belles-sœurs. La femme de son père l'embrassa sur les deux joues et lui ouvrit la porte en disant : « Vous êtes la bienvenue dans la famille. »

Il lui fallut quelques mois pour trouver pesantes ces réunions de famille. Elle se sentait gauche et ne savait comment s'y comporter. Elle ne possédait ni les codes ni les expressions d'usage dans ce genre de situation. Surtout, son père ne lui plaisait pas. Il ne correspondait pas à l'image qu'elle s'était construite de lui depuis le début de l'adolescence. Elle le voyait avec des cheveux, de grands yeux, le menton affirmé, élancé, l'allure d'un acteur américain des années cinquante. En réalité, il avait une barbe mais presque plus de cheveux. Il était rond, agile, toujours en mouvement, facétieux et semblait fier d'appartenir à la petite bourgeoisie de la grande banlieue. Il était satisfait de sa vie et dénué d'ambition. Il manquait de charisme. Elle l'avait rêvé séducteur et aventurier. C'était un père de famille vieillissant et compatissant.

Elle accepta son argent. Et le vit de moins en moins fréquemment.

Je me levais tôt, le samedi matin, pour aller au séminaire de Gilles Deleuze. J'avais beau arriver en avance, jamais je ne trouvais de place assise. Comme de nombreux camarades, je m'asseyais par terre dans les travées, sortais mon carnet. Je notais, j'écoutais. Je ne comprenais pas tout. Loin de là. Alors je fixais par écrit certaines phrases pour mieux les relire plus tard dans l'espoir de les décrypter. Ce que je ne comprenais pas était plus important que ce que je comprenais. Mais peu importait. Deleuze nous offrait de l'élan, de l'énergie, du désir. Avec lui nous avions envie de lire Hume, Bergson, Husserl. Des philosophes enseignés à la Sorbonne dans le programme officiel, plus ou moins délaissés, mais que Deleuze incitait à saisir par le cœur et l'esprit. Il rendait tout attractif, désirable. Il jouait avec nous et nous avions l'impression d'être sur le même terrain. Il n'usait pas de cette distance professorale qui sévissait encore dans le corps enseignant, malgré 68, y compris chez certains professeurs remarquables par leur profondeur métaphysique et la richesse de leur argumentation. Ceux-ci, la plupart du temps, nous considéraient comme leur public. Ils tenaient devant nous un discours et donnaient un cours magistral. Deleuze, lui, faisait semblant de n'avoir rien préparé. Sa pensée se déployait sous nos yeux par cercles concentriques. Il faisait du ping-pong avec nous et nous utilisait pour aller encore plus vite ou faire des bifurcations. Il n'avait pas de notes et c'était comme si nous assistions, en direct, à la naissance de nouveaux concepts, à la collision de plusieurs théories qui engendrait de nouvelles formulations. Certains étudiants parlaient de lui comme d'un nouveau Socrate. Il était là, si gracile, si fragile, partant dans des quintes de toux impressionnantes à cause de la fumée des cigarettes, il reprenait un mot qu'il étirait, retournait, questionnait, et il le menait ensuite vers d'autres rivages. Il bondissait, procédait par associations et illuminations, nous offrant en partage, épuisé à la fin de la séance, comme un athlète qui vient de gagner une course d'endurance, son désir d'être étonné – y compris par lui-même.

Sur le tableau noir, Deleuze avait dessiné un schéma. Ce matin-là, dans cette moiteur de l'approche du printemps, personne n'avait osé ouvrir les vitres coulissantes de peur de ne pas entendre sa voix. Tout autour, s'étendaient des terrains vagues envahis par une végétation sauvage. « Y a-t-il des précautions à prendre pour produire un concept ? » a demandé un jeune homme très beau avec un catogan. « Vous mettez votre clignotant, vous vérifiez dans votre rétroviseur si un autre concept n'est pas en train de doubler. Une fois ces précautions prises, vous produisez le concept. Les concepts ne sont pas des vitesses. » Puis Deleuze était reparti dans une autre direction, celle de l'aphorisme et de l'ironie. Il est revenu encore et encore sur Nietzsche. « Si vous ne riez pas en le lisant, mais si vous ne riez pas vraiment à gorge déployée, c'est que vous ne l'avez pas bien lu. » Il insistait : « Il s'agit non d'empathie ni de compréhension, encore moins d'interprétation. Il faut partir, avec Nietzsche, sur le radeau de la Méduse, être avec lui, ça bombarde de tous côtés sur les puissants glacis, il faut se laisser aller. »

Deleuze appelait cela être embarqué avec.

Il disait ne pas croire aux mots. S'il ne connaissait pas exactement la signification d'un mot, il nous confiait ses doutes. À l'époque, il cherchait, avec Félix Guattari, à reconsidérer le fonctionnement de la société. Quand il parlait de ses écrits avec Guattari il disait *nous*. Il se méfiait des interprétations par trop orthodoxes. Si un mot ne lui plaisait pas, il disait qu'il suffisait d'en trouver un autre. « On s'arrange toujours, répétait-il, les mots sont des substituts possibles à l'infini. »

Je n'ai pas eu beaucoup de difficultés à convaincre Suzanne de venir au séminaire. Nous sortions de ce moment d'invention de la pensée dans un état à la fois d'excitation et de désarroi, car il fallait ensuite redescendre dans la banalité et l'absence d'exaltation. Une fois Deleuze parti, on traînait à la sortie pour faire durer le plaisir. C'est ainsi que nous avons fait la connaissance de Pablo qui était infirmier à la clinique de La Borde.

Trois semaines plus tard, nous étions invitées à y passer le week-end.

L'été suivant, Suzanne était engagée comme personnel soignant à la clinique et s'installait dans une des chambres du rez-de-chaussée. Elle se montrait disponible jour et nuit et apprenait, sous la direction de Jean Oury, à écouter et accompagner les malades. Certains pouvaient partir dans des improvisations oratoires pendant des heures, d'autres, paraissant plus discrets, prenaient soudainement des postures de repli ou étaient possédés par des contractions musculaires violentes qui les faisaient souffrir.

Je la rejoignais en fin de semaine. J'aidais aux travaux de jardinage et de ménage et je n'ai pas tardé à constater, grâce à la générosité de Félix Guattari et des autres psychiatres, que Suzanne avait si vite appris qu'elle pouvait vivre le déroulement d'une journée avec ses multiples activités sans qu'on puisse distinguer de quel côté elle était. Soignante ? Soignée ? Elle était devenue l'amie d'un vieil homme, l'un des premiers pensionnaires de La Borde, qui venait d'un hôpital où il avait été enfermé dans une cellule pendant vingt ans. Il se promenait tout le temps et partout dans l'ensemble des bâtiments. Il rentrait dans les pièces, y compris les chambres, sans frapper, traversait le réfectoire, parcourait le parc en tous sens comme s'il n'y avait pas de différence entre le dedans et le dehors. Il battait la campagne et n'était jamais fatigué.

Suzanne était l'une des rares personnes qui, par le son de sa voix et sa capacité de persuasion, parvenait à le faire asseoir à l'heure du déjeuner en interrompant son périple perpétuel.

Le soir, dans l'odeur des rosiers fraîchement arrosés, autour du tourne-disques, vers vingt-deux heures, lorsque le ciel était encore bleu et la lune pâle, il attendait une musique lente pour l'inviter à valser.

Judith

Victor et Judith, depuis la nuit passée dans le parc, ne se quittaient plus. L'automne touchait à sa fin. Les parcs n'étaient fréquentés, dès le matin, que par des vieilles outrageusement fardées et par des messieurs aux cheveux brillantinés qui sentaient bon le chèvrefeuille lorsqu'on s'en approchait. Dans les rues, pour aller d'un endroit à l'autre, il fallait se protéger les yeux des éclats de bois infinitésimaux et du vent mauvais que les *porteños* appellent le *sudasta*. Un vent qui souffle depuis l'Antarctique.

En fin de semaine ils se donnaient rendez-vous au sous-sol du théâtre Cervantès, dans la salle de lecture de l'institut d'histoire du théâtre. C'est là que Victor, le samedi, recopiait les livrets des pièces du théâtre yiddish qui avait eu son heure de gloire au début des années trente. Il avait l'intention de publier un jour les meilleures d'entre elles et peut-être de donner ainsi, à des metteurs en scène, le désir de les rejouer.

Ils traversaient l'avenue Cordoba par l'avenue Libertad et se dirigeaient vers la bibliothèque du Congrès de la Nation, ouverte après minuit. Judith n'y rentrait pas. Elle préférait attendre Victor dans l'un des cafés de l'avenue Entre-Rios, généralement déserts à cette heure avancée de la nuit. Elle y avait ses habitudes. Le serveur ne prenait plus sa commande : il lui apportait directement son citron chaud avec un petit verre de rhum. Elle patientait en lisant Nathalie Sarraute et en fumant cigarette sur cigarette.

Il l'avait rejointe vers deux heures du matin et ils avaient marché jusqu'au studio qu'il habitait dans une maison délabrée de la rue Arcos. La grille du jardin n'était pas fermée et une lumière lunaire, venue des vitraux bleus de l'entrée rococo au double escalier de la maison, leur permettait de s'orienter. Dans la chambre, en face de l'armoire, des rayonnages de livres scientifiques écrits en anglais et en français côtoyaient des livres de mathématiques écrits en espagnol. À côté du lit, étaient épinglées au mur deux photographies d'Albert Camus et de Jean-Paul Sartre au format carte d'identité. Au-dessus, déniché dans une librairie d'occasion, un poster du Che, cheveux au vent, regardant devant lui, souriant. L'ampoule de la lampe de chevet était trop forte. Judith avait encore oublié de la remplacer. En l'allumant, elle prit soin de la couvrir de son foulard rouge en mousseline de soie, ce qui donnait une ambiance de grotte à la pièce.

Après deux mois de vie commune, ils décidèrent de prendre leurs billets pour l'Europe. Destination finale : Paris.

Leurs deux valises, chacune avec une sangle et une étiquette, étaient posées l'une sur l'autre pour ne pas prendre trop de place.

Ils rêvaient de ce départ. En attendant, ils avaient inventé leur rituel du soir.

Victor prenait sa douche. Judith se déshabillait. Avant d'entrer dans le lit, elle se penchait, sortait le vinyle, allumait le tourne-disques, posait l'aiguille sur le disque. Quand il commençait à tourner, elle s'allongeait nue sous les draps, fermait les yeux, et écoutait, comme chaque nuit depuis qu'elle s'endormait dans les bras de Victor, la voix de Marianne Faithfull qui la faisait pleurer.

Le jour du départ, Ethel accompagna sa fille jusqu'au dernier contrôle. Les cinq frères et sœurs de Victor avaient confectionné un calicot sur lequel était inscrit VIVA EUROPA et ils dansaient sur les quais. Judith ne réalisa qu'au moment du mugissement de la sirène, qu'elle s'apprêtait à refaire, dans le sens inverse, le trajet de sa mère, quarante ans plus tard.

Ils avaient emporté quelques livres, dont celui de Claude Lévi-Strauss, *La Pensée sauvage*, *Par-delà le bien et le mal* de Nietzsche et *Les Misérables* en livre de poche. Ils lurent pendant le temps de la traversée et ne se mélangèrent guère aux autres passagers sauf à l'heure du dîner, qu'ils prenaient au dernier service, ce qui leur valut de faire la connaissance d'un professeur de tango, ami de Ernesto Sábato, qui allait rejoindre à Paris un groupe de marionnettistes avec lequel il devait préparer un spectacle.

Judith avait commencé *Les Misérables* et ne lâchait plus le roman. Elle lisait vite et tout le temps. Elle avalait, photographiant déjà le paragraphe suivant, tant elle était impatiente de connaître la suite. Victor, d'un tempérament plus méditatif, s'arrêtait sur une phrase, fermait les yeux et, quelquefois, s'endormait. Elle ne regardait pas le ciel, tout juste s'interrompait-elle quelques secondes quand des bandes d'oiseaux criaillaient trop au-dessus d'elle et que, de ses deux bras levés, elle tentait de les éloigner.

Elle ne pensait à rien, sauf à la lecture. Elle ne s'imaginait pas projetée dans un avenir, vivant sur une terre étrangère, séparée de sa mère, utilisant une langue qu'elle ne maîtrisait pas bien. La seule certitude à laquelle elle se raccrochait était la présence de Victor, la voix de Victor, le regard de Victor. Il la regardait plus qu'il ne lui parlait et, quand il ne lisait pas, il écrivait et faisait des croquis sur un petit carnet dont, de temps en temps, il arrachait des pages pour les lui donner. Il la dessinait nue, allongée sur le ventre, la tête relevée, les bras croisés devant elle, reposant sur une étoffe, les yeux grands ouverts. Sur le coin supérieur gauche de la feuille, il apposait alors sa signature, un lionceau roulé en boule comme s'il était endormi.

Un soir, le commandant les a invités à sa table. Il s'exprimait dans un français élégant, utilisant des mots précieux que Judith ne comprenait pas. Il voulait faire montre de son savoir livresque et faisait le malin avec ses connaissances encyclopédiques et ses abus de citations. Victor tapait du pied, jouait avec sa serviette, toussait et bâillait pour faire passer le temps. À la fin du repas, deux jeunes matelots en livrée apportèrent une bombe glacée surmontée de petits feux d'artifice argentés déjà allumés. Le commandant se leva d'un air solennel et commença à déclamer des vers de Lamartine. Victor se leva à son tour et prit Judith par le bras. Ils traversèrent l'immense coursive qui surplombait le bateau. Leurs pas résonnaient sur le plancher. On entendait un air de jazz qui montait. Sans doute venait-il de l'autre côté, là où était situé le fumoir. Plus ils s'éloignaient, plus le saxo recouvrait la voix du commandant, qui vociférait à présent pour contrer le bruit que faisait la pluie en s'abattant sur les vitres des cabines. Elle fouettait aussi leurs visages, et ils durent s'agripper aux cordes pour parvenir enfin au pont inférieur, car un vent violent s'était levé.

Il pleuvait au Havre le jour de leur arrivée. Dans le train peu confortable et mal chauffé, ils ont tenté, avec leurs mains, de faire des trous dans la buée pour apercevoir le paysage. Ils n'ont discerné que des bancs de brume au-dessus des prairies et des nuages très bas et immobiles. Arrivés à Paris, ils se sont perdus dans les changements de stations et se sont retrouvés dans une autre gare. Ils ont alors décidé de faire la queue pour prendre un taxi. Ils étaient exténués et avaient du mal à garder les yeux ouverts. Ils s'interdisaient de s'asseoir sur leur valise pour ne pas tomber dans le sommeil.

Ils avaient, de Buenos Aires, obtenu chacun une bourse et avaient reçu l'assurance de pouvoir être hébergés, pour une somme décente, en tant qu'étudiants étrangers, dans le pavillon argentin du grand campus universitaire parisien du quatorzième arrondissement.

Le premier soir, la cité internationale leur est apparue immense et déserte. De rares étudiants marchaient dans les allées peu éclairées et ils mirent du temps à trouver une guérite ouverte. Un gardien, peu amène, les a conduits en maugréant au pavillon et leur a attribué à chacun une chambre dans un bâtiment différent. Ils ont eu beau protester, seul le certificat de mariage permettait de vivre à deux dans le grand bâtiment. Une jeune femme, en tenue de sport, traversait le couloir couvert qui réunissait le petit – celui des filles – au grand – celui des garçons – et leur a expliqué, en souriant, qu'à partir de sept heures du soir, le pavillon était laissé sans surveillance.

Ils sont partis dans le parc en oubliant le plan de la cité dans une des chambres. Ils ont suivi un jeune couple en tenue de tennis puis ont obliqué vers une étendue de gazon bordée d'arbres en corolle, au pied desquels s'était déposée une mousse de lichen vert pâle. Ils se sont allongés. Elle, le corps à l'oblique, bien droite, la tête sur sa poitrine. Elle a regardé le ciel. Le vent chassait les nuages à une vitesse si folle qu'elle en eut le vertige. Victor dormait déjà. Elle a recroquevillé son corps et a mis son oreille droite près de son cœur, qu'elle entendait faiblement à cause du grondement continu du périphérique.

Judith et Victor pratiquaient un art de la géographie parisienne bien particulier. Ils ignoraient les plans et détestaient demander leur chemin. Alors, ils dérivaient. Ils avaient vite cartographié les brusques dénivellations du parc Montsouris, et repéré en bas, de l'autre côté de la cité, près du bac à sable souvent délaissé, un banc où ils venaient bouquiner. Ils avaient ensuite progressivement apprivoisé l'espace en arpentant l'avenue bordée d'arbres qui cachaient, à leur droite, des escaliers donnant sur des impasses qui leur rappelaient le quartier autrefois chic de Buenos Aires.

Au-delà, commençait pour eux une autre ville, dévolue aux études, aux cours magistraux. Judith s'était inscrite à la Sorbonne. Victor, après bien des difficultés administratives avec la direction des études, et non sans avoir signé de nombreuses paperasseries, avait réussi à être accepté à Normale Sup, comme auditeur libre, en complément de son cursus en mathématiques fondamentales à Jussieu.

Judith suivait les cours de Ferdinand Alquié et avait bien du mal, malgré la clarté de son exposition, à comprendre les théories de Descartes que le professeur synthétisait souvent par des formules qu'il expliquait avec son accent rocailleux du Sud-Ouest. En cours de semestre, l'amphi se vida brutalement. Une étudiante brésilienne lui confia que les étudiants avaient délaissé Alquié pour Yanké et lui conseilla d'arriver une heure à l'avance si elle voulait assister au cours de ce dernier. L'amphi était déjà bondé. Elle dut changer de tactique et y accéder par le haut pour trouver une place. On le voyait de loin et on l'entendait très mal. Peu importait. Sa voix s'envolait dans des variations mélodiques, parfois avec des tonalités si aiguës que ses auditeurs craignaient qu'elle ne se casse. Toutes et tous étaient accrochés à ses paroles comme à une musique envoûtante avec ses changements de rythme, ses scansions, ses instants de silence et ses recommencements. Vladimir Jankélévitch s'arrêtait de parler pour reprendre son souffle. Il ne s'asseyait pas, non, mais s'agrippait au bureau, comme s'il voulait reprendre son équilibre. Et puis il repartait, fixant assez rarement son auditoire. Il était seul avec ses mots dans l'altitude de sa pensée, en plein exercice improvisé. Ses cours relevaient de la plus haute philosophie, une saccade de concepts et de mises en question vertigineuses, un entrelacement de disciplines. La littérature, la musique, la métaphysique : tout s'enchaînait et se fluidifiait dans ce fleuve de paroles qui retentissait comme le concert d'une soprano qui, dans les airs difficiles, mettrait sa main sur sa gorge pour éloigner le mauvais sort. Des mots se détachaient et revenaient à chaque cours comme une ritournelle.

Judith en ressortait avec l'envie de danser. Ce n'est pas qu'elle avait tout compris, mais des possibilités d'entrevoir le réel, des manières de déployer le monde, depuis toujours insoupçonnées, surgissaient, comme si ce qu'elle avait entendu résonnait en elle en engendrant d'autres désirs. La définition même de ce que voulait dire *savoir* s'en trouvait atomisée et, après les cours, elle prolongeait cette sensation de plaisir en tentant de se mêler aux groupes, très nombreux à l'époque, qui avaient leur stand dans la partie droite de la cour, abritée de la pluie. Mais les garçons – c'était surtout des garçons – discutaient entre eux ou s'apostrophaient quelquefois violemment entre stands, et il était très difficile d'entamer une conversation. Ils ne faisaient pas attention à elle et n'étaient pas véritablement en quête d'interlocuteurs. Les noms de Guevara et de Mao revenaient souvent dans ces joutes oratoires, ponctuées par des déclamations où la pensée de Lukács était souvent convoquée. Ils étaient comme enfermés dans un cercle magique de paroles qui les faisait tenir debout, dans une sorte de théâtralisation de leur existence. Judith les regardait mais eux ne la voyaient pas, emportés qu'ils étaient par leurs rivalités.

Alors elle s'éloignait, remontait la rue des Écoles. À l'approche des beaux jours, elle s'installait confortablement dans le coin des palmiers, ce jardin dans le Luxembourg, où des personnes âgées viennent faire du taïchi et où, en face de la grande serre, des gardiens vérifient si les adultes sont accompagnés d'enfants avant de les autoriser à s'asseoir sur l'herbe autour du bac à sable. Elle rusait. Elle avait repéré, cachée par les buissons, une petite étendue de gazon qu'elle aménageait en cabinet de lecture en dépliant son châle.

Elle pouvait y passer des heures à travailler Husserl, aidée par des polycopiés de Maurice de Gandillac et de René Schérer que se procurait un ami argentin. Ni les commentaires – rares mais vifs – des joueurs d'échecs, ni le bavardage des nounous à l'heure du goûter, de l'autre côté de la barrière végétale, ne pouvaient la perturber.

En automne, le jardin ferme tôt. Au dernier coup de sifflet elle remontait le long du bassin et sortait face à la fontaine, là où le marchand de barbe à papa prépare aussi des crêpes. Chaque fin d'après-midi, elle lui en commandait une et lui, avec un petit clin d'œil, lui en donnait deux qu'il enveloppait dans du papier translucide puis dans un morceau de journal.

Pour entrer rue d'Ulm, il fallait montrer patte blanche. Elle n'avait pas la carte. Victor était là, de l'autre côté de la guérite, et la faisait entrer quand le gardien avait le dos tourné. Ils s'installaient, face au jardin, dans un recoin où ils restaient silencieux. Puis Victor lui embrassait les mains avant d'aller rejoindre une petite salle où des étudiants, chaque semaine, espéraient avec impatience la résolution, par leur professeur, de leur recherche mathématique grâce à des schémas au tableau noir. Elle guettait sa sortie.

Au fond, Judith passait sa vie à attendre.

Elle allait à pied de la cité universitaire jusqu'à Jussieu où elle suivait les cours d'une jeune professeur d'origine bulgare sur la sémiotique du langage. Julia Kristeva parlait de Saussure, de Jakobson et aussi beaucoup de son maître Émile Benveniste qu'elle incita, un jour, à venir à la rencontre de ses étudiants. Devenue toute timide en sa présence, alors qu'elle était une enseignante pleine de flammes et en empathie avec ses élèves, Julia Kristeva introduisit sa pensée en inscrivant quelques formules au tableau noir, avant de lui laisser la parole. Benveniste plissa les yeux, esquissa un grand sourire et, presque en s'excusant, de sa voix douce, il expliqua que les choses étaient beaucoup plus simples qu'on l'imaginait. L'origine de la langue, disait-il, nous ne la connaissons pas véritablement. Ce que nous pouvons affirmer, c'est qu'elle nous distingue des espèces animales et que ses principes d'organisation sont universels. Il existe des centaines de milliers de langues. Un peuple de cinquante millions d'individus parle une même langue, une tribu de seize personnes en pays amérindien aujourd'hui s'exprime dans sa langue mais il n'existe aucune différence de structure de fonctionnement, de principe d'organisation, d'agencement des phonèmes entre ces deux langues.

Elles sont le fruit d'une élaboration extrêmement sophistiquée qui contient en elle-même la possibilité de nommer et d'énoncer le rapport au monde. C'est pour cette raison que, lorsqu'une langue disparaît, c'est toute une civilisation qui meurt.

Le cours a continué. La vingtaine d'étudiants, fascinée, écoutait Benveniste qui jonglait avec les concepts, convoquait, à l'appui de ses thèses, les mythes, l'anthropologie structurale et aussi la phénoménologie. Julia Kristeva s'était assise au milieu des étudiants et prenait des notes. La nuit était tombée depuis longtemps, lorsque Benveniste s'est levé sous les applaudissements. Judith, trop émue, ne pouvait taper dans ses mains. Elle était occupée à ravaler ses larmes. Rarement comme cette fois-là, elle comprit ce que parler voulait dire. Julia a accompagné Benveniste jusqu'à la sortie. Les ascenseurs ne marchaient pas. Le nombre d'ampoules qui fonctionnaient dans l'escalier de fer était si réduit qu'on ne savait pas comment sortir de cette tour pour traverser l'esplanade déserte balayée par le vent.

Judith a couru vers le café juste en face du métro. Le patron empilait les chaises et avait descendu le rideau de fer. Sur le banc, au milieu de la petite place, le col du caban remonté jusqu'aux tempes, les mains au-dessus des lèvres pour ne pas laisser passer le froid, Victor, inquiet, patientait.

Quinze jours plus tard, Judith apprendra que Benveniste venait d'être victime d'un accident cérébral. Il ne pourrait plus s'exprimer publiquement.

C'est dans le grand amphi de la rue de l'École-de-Médecine que j'ai vu Judith pour la première fois. Il n'était pas très difficile de la repérer : nous étions trois à ne pas avoir dix-huit ans, deux filles et un garçon. Elle portait, ce jour-là, une longue jupe – l'époque était à la minijupe – et un foulard fleuri qu'elle disposait comme un châle sur son corsage blanc. Elle paraissait venir d'un autre siècle et ressemblait à une babouchka avec ses cheveux blonds, presque blancs, et ses yeux porcelaine. Elle avait l'air tout aussi perdue que moi au milieu de cette meute d'étudiants tout droit sortis du baccalauréat et qui découvraient la fac, étonnés eux-mêmes d'avoir passé le sas et de ne pas entendre sonner la cloche dans la cour du lycée. Certains même, en cette matinée de rentrée, portaient avec eux, dans des petits sachets en papier, des pains au chocolat, comme s'ils attendaient l'heure de la récréation.

L'assesseur nous a distribué nos emplois du temps et nous a précisé le nom des professeurs qui complétaient leurs cours par des polycopiés. Il n'y avait pas d'appel. Il était toujours interdit d'interdire.

Ce n'est qu'à la fin du cours d'anatomie, la semaine suivante, que j'ai osé l'approcher. Avec un fort accent latino, elle m'a proposé d'aller boire un café à l'angle du boulevard, dans un bistrot qui deviendra notre seconde maison pendant cette année d'études intensives. Elle me parla de sa mère, qui lui manquait et viendrait peut-être la rejoindre pour les vacances de Noël, et de sa découverte de la psychanalyse. « Je ne sais pas bien quoi faire de ma vie, me dit-elle. Je croyais vouloir faire des sciences sociales, aller sur le terrain, mener des enquêtes, mais, maintenant, je pense que je veux travailler dans un hôpital psychiatrique. C'est là ma vocation. C'est pour cette raison que je me suis inscrite en médecine. »

Victor est arrivé. Elle a fait les présentations. « Mon amoureux. Officiellement, nous n'habitons pas ensemble, mais, chaque nuit, dans la cité universitaire, je le rejoins dans le bâtiment des hommes. Il met le réveil à six heures. Je repars dans ma chambre me coucher et il vient frapper à ma porte pour le petit déjeuner. Romantique, non ? »

Je n'ai pas eu le temps de lui répondre. Victor a mis l'argent sur la table, s'est excusé. Ils sont partis en se tenant par la main. Je les ai vus traverser le boulevard, courant comme des enfants, sans regarder le feu.

Victor lui avait parlé d'un type réputé, un grand médecin psychiatre qui faisait des cours depuis quatre ans à Normale, ou plutôt, qui ne faisait pas cours mais parlait en improvisant. Il lui disait qu'il électrisait encore plus son public que Vladimir Jankélévitch et que certains de ses auditeurs se revendiquaient d'être ses disciples. Devant son auditoire captif, il créait des concepts dans une langue extrêmement sophistiquée. Il avançait dans sa propre parole comme un alpiniste au sommet d'une montagne, prenant le temps d'admirer le paysage et ne sachant pas par quel versant redescendre. Judith et Victor ont tenté de s'introduire dans la communauté des fidèles qui venaient écouter et regarder : car on ne pouvait que le regarder parler. Son corps entier participait de cette élucubration revendiquée qui ressemblait quelquefois à une transe où les mots eux-mêmes menaient la danse et où des collisions entre disciplines entraînaient le maître – c'est ainsi que les personnes de tous âges assises dans les premiers rangs le nommaient – vers des réflexions et des interrogations qu'il partageait à haute voix avec son public. Oui, il aimait avoir son public. Que certains viennent le voir comme un phénomène de cirque ne lui déplaisait pas, bien au contraire. Il était là aussi pour cela. Pour se montrer tel qu'il voulait apparaître : un homme qui avait fait scandale, qui avait défié les institutions, qui repoussait, depuis longtemps, les limites, et qui utilisait toutes ses forces pour s'entraîner à penser encore plus fort, encore plus loin, là-bas, sur les chemins escarpés où l'on perd souffle et où l'on continue en se sachant en danger.

Judith, à la sortie de ce premier séminaire, se sentit déboussolée. Elle éprouvait la même sensation que celle qui l'avait assaillie quand, sur la piste du stade, elle avait franchi, victorieuse, la ligne d'arrivée. C'était comme si elle avait perdu son énergie. Victor se moqua d'elle. Il n'était pas rentré, lui, dans ce qu'il nommait des lacaneries, un pseudo-cours transformé en rite initiatique devant un public captif. Elle tenta de le faire taire. Il continua à parler de plus en plus fort et de manière enflammée, dans ce jardin de Normale, et il attira l'attention. Il expliquait que Lacan utilisait à tort et à travers certains concepts de mathématiques pures aux fins d'impressionner ceux qui, justement, ne savaient pas mais ne voulaient pas le dire, préférant faire semblant. Elle lui donna des coups affectueux sur la tête pour tenter de le calmer, mais, comme il continuait à éructer, de guerre lasse, elle lui mit la main sur la bouche pour qu'il arrête ses critiques.

Ils n'en reparlèrent pas. À l'insu de Victor, Judith revint. Elle se mettait au fond de la salle et essayait de prendre des notes sur un petit carnet qu'elle avait acheté uniquement à cette intention. Elle ne pouvait transcrire tout ce qui se disait car, de la bouche du maître, sortaient aussi des mots qui n'appartenaient pas à son vocabulaire, des mots qui lui avaient été confiés, des mots de la souffrance qui s'étaient introduits au plus profond de lui et qu'il exhalait comme des nuages. Ça bouillait, ça électrisait et, comme une pile qui s'use, de temps à autre, ça s'assoupissait. Et puis ça repartait. Elle dessinait des figures géométriques, des personnages d'obèses aussi, sans savoir pourquoi, et, avec son stylobille, elle recouvrait les pages de grands traits obliques qui formaient un grillage.

Vingt ans plus tard, elle retrouvera, à l'occasion d'un déménagement, ces quinze petits cahiers dans un vieux sac. Elle les ouvrira un par un, cherchant vainement un ordre, puis s'abandonnera à la surprise de toutes ces notes et de ces dessins désordonnés. Au bout de quelques minutes, tout lui reviendra, les lumières du séminaire, le son de la voix du maître, haut perchée – comme si elle sortait de la tête et non de la cage thoracique –, l'émotion qu'il produisait en elle, en lui donnant la possibilité d'aller plus loin pour le comprendre et surtout, dans cette chambre où le soleil entrera, traçant des bandes de lumière qui souligneront impitoyablement toutes les traces de poussière, elle retrouvera, intacte, la force de sa jeunesse.

Au bout de quelques semaines, nous étions devenues amies. Nous étions plus âgées que les autres étudiants, plus éprises de philosophie et de psychanalyse que la moyenne et désireuses d'embrasser la psychiatrie. Nous n'avions pas de formation scientifique et nous ne manquions jamais un cours. Nous ne comprenions pas, bien souvent, ce que les professeurs nous enseignaient ; alors, à la fin des cours, on se retrouvait pour apprendre par cœur, faute de mieux, certaines formules.

Ce vendredi matin Judith est arrivée en retard, les yeux rougis, au cours de physique. Nous n'étions pas nombreux à venir écouter ce professeur tatillon, désagréable, parlant dans un langage abscons et ne cherchant pas à se faire comprendre. Pour nous deux, c'était l'occasion de se voir avant la longue coupure du week-end, où chacune ignorait tout de ce que faisait l'autre.

Elle m'a demandé de quitter le cours. Je ne voyais pas bien comment passer devant l'estrade et gagner la porte sans nous faire insulter. Elle ne m'a pas laissé le choix. Elle a rangé ses affaires, s'est levée bruyamment, m'a fait signe de la suivre et a salué, en s'inclinant, le professeur éberlué.

Elle n'a pas dit un mot jusqu'au moment où nous avons poussé la porte du café. Je voyais que ses mains tremblaient. Nous nous sommes assises dans l'arrière-salle. Elle enlevait et remettait, de manière compulsive, son unique bague, de sa main gauche. Je ne savais pas pourquoi, mais je savais que je devais me taire. Elle a fini par me confier, en baissant les paupières : « J'attends un enfant et je n'en veux pas. Tu peux m'aider ? »

Je n'ai rien répondu. Je l'ai prise dans mes bras, l'ai embrassée, puis je suis sortie dans la rue. J'ai alors réalisé que tout mon corps frissonnait.

Au début de la semaine suivante, elle m'a fixé rendez-vous dans un café sombre, étroit et désert de la rue Gît-le-Cœur. Son visage était pâle et elle semblait affolée. Elle m'a répété : « Je ne veux pas de l'enfant. Tu peux me comprendre ? » Je suis restée muette. Je ne m'étais jamais posé la question de l'enfantement. Je ne savais pas ce que signifiait l'idée même d'être enceinte et de ne pas vouloir ou pouvoir attendre un enfant. J'avais peur pour elle. J'étais en proie à des pensées contradictoires et je m'en voulais de ne pas trouver tout de suite les mots rassurants. Je savais seulement que je voulais la respecter et que je me devais de l'accompagner dans sa décision. Le garçon de café est venu prendre la commande. « Tu es enceinte depuis combien de temps ? » ai-je réussi à articuler. « Depuis deux mois. — Et Victor qu'en pense-t-il ? » Elle a levé les bras au ciel. « C'est moi qui porte cet enfant. Pourquoi poser une telle question ? Mais rassure-toi, il me suit et ne voit pas très bien comment il pourrait matériellement assumer sa paternité. » Victor est venu nous rejoindre. « Alors comment faire ? À qui s'adresser ? Tu peux nous aider ? » Il me regardait droit dans les yeux avec anxiété.

Le responsable de la mutuelle passait pour un type compréhensif. Pratiquer un avortement était passible d'un emprisonnement et d'une radiation de l'ordre. Peu de médecins le pratiquaient. Même les militants du planning familial préféraient orienter leurs patientes vers des pays limitrophes, la Suisse étant le plus sûr et le moins compliqué. Des autobus partaient tous les jeudis à l'aube, en bas de la rue Mouffetard, et ramenaient les filles – celles pour qui il n'y avait pas eu de complications – le dimanche soir. On savait que des médecins accompagnaient les filles dans les bus en prenant de gros risques. Cela coûtait très cher, trois fois le montant mensuel d'une bourse d'étudiante, une fortune, personne ne pouvait payer une telle somme, sauf les filles des beaux quartiers, encore fallait-il qu'elles osent en parler à leur famille.

Pas d'autre solution que de se cotiser. Entre copains, d'abord. Et il n'était pas rare que des boîtes en fer circulent à l'intérieur du campus avec l'étiquette SOS et un prénom inscrit dessus. On mettait ce qu'on pouvait et on ne savait jamais si la fille avait réussi à réunir la somme nécessaire.

Judith m'a demandé de l'accompagner à la permanence médicale. La secrétaire lui a fait remplir des papiers et a refusé de lui donner un numéro d'attente quand elle a appris qu'elle n'était pas couverte par la Sécurité sociale. J'ai réussi, après une violente altercation, à la faire enregistrer. Une fenêtre fermait mal et laissait passer, par saccades, un vent glacial sur nos gorges. Le manteau fermé jusqu'en haut du cou, Judith semblait frigorifiée et n'en menait pas large. Moi non plus. C'était quitte ou double. Le médecin pouvait la renvoyer sans même l'examiner. Et me dénoncer ? Non, ai-je tenté de lui dire de manière catégorique pour la rassurer. Et je me suis lancée dans des considérations sur le secret médical, le serment d'Hippocrate, l'histoire de la déontologie en France... En fait, je cherchais à lui occuper l'esprit pour calmer son angoisse.

« Numéro 41. »

Il a dit cela d'un ton agacé.

Personne n'a bougé.

Il s'est avancé dans la salle.

J'ai poussé Judith dans le dos. Elle s'est finalement levée, en me regardant. J'avais l'impression qu'elle m'adressait une prière muette. Il a ouvert la porte du cabinet en s'inclinant drôlement sur son passage, comme s'il la saluait.

Judith est sortie en larmes de son cabinet un quart d'heure plus tard. « Il refuse pour deux raisons, me dit-elle. Il n'exerce que depuis cinq ans et ce geste l'expose à trop de risques. Il a déjà eu des ennuis avec le Conseil de l'Ordre, sur lesquels il n'a rien voulu dire. »

Nous marchions rue des Plantes en direction de Jussieu. Petit à petit, Judith reprenait sa respiration. Ses sanglots s'espaçaient.

« Tu ne connais pas d'autres filières ? »

Pendant toute la semaine j'ai tenté de réunir des fonds pour l'opération. Je disais que je cherchais à faire une surprise à ma meilleure amie. Personne ne m'a posé de questions, à l'exception de ma mère, qui, en signant son chèque, m'a regardée en souriant : « Tu lui offres un voyage ? — En quelque sorte », ai-je répondu.

J'avais mis les billets dans une trousse de maquillage que j'ai remise à Judith devant la porte du secrétariat médical. Elle m'a suppliée de l'accompagner. La pimbêche de l'accueil a refusé. « Je t'attends en face. » Il faisait très doux en ce matin d'automne où j'ai lu, pour la première fois, sur un banc, le début de *L'Écume des jours*. J'ai oublié le temps.

Elle m'a tapé sur l'épaule. Nous avons marché en silence jusqu'au café près de la Mutualité où le patron fermait les yeux lorsque nous sortions nos sandwiches, deux fois par semaine, après les cours, avant de repartir une heure plus tard à la bibliothèque Sainte-Geneviève.

« Il n'a pas voulu d'argent. Il m'a même jeté la trousse à la figure. Il a respiré lentement pour calmer sa colère et m'a demandé ce que je savais faire dans la vie. "Rien", lui ai-je répondu. "Je voudrais qu'en échange de l'opération vous m'appreniez quelque chose. Vous jouez d'un instrument ?" Judith me mimait la façon dont elle lui avait dit non de la tête. "Vous savez déchiffrer une partition ? Jouer aux échecs ? Et les langues étrangères ? — L'espagnol et l'hébreu".

Il m'a dit que depuis sa petite enfance, il voulait apprendre l'hébreu. »

L'intervention était prévue le samedi matin suivant, dans un cabinet médical au métro Ménilmontant.

Je les ai rejoints avec une demi-heure d'avance. La salle d'attente était plongée dans la pénombre et les radiateurs étaient éteints. J'ai donné mon manteau à Judith qui n'arrêtait pas de trembler. Victor lui massait les épaules puis s'agenouillait devant elle pour tenter de lui parler. Elle semblait regarder dans le vide. En fait, elle fixait une affiche sur le mur d'en face. On y voyait une fille en bikini, sur le côté droit, un petit chien essayait de lui mordiller les chevilles. La fille souriait, faisant semblant de ne s'apercevoir de rien. Ni du soleil, ni du chien. Encore moins de son ventre dénudé.

Il est venu la chercher, nous a demandé de partir et de revenir deux heures plus tard.

« Tout va bien se passer ? » lui a-t-elle demandé en le regardant droit dans les yeux. Il l'a prise par le bras sans lui répondre. La porte s'est refermée.

Cinquième partie

L'apprentissage de la désillusion

Judith

Cinq jours plus tard, je laissais Judith, en début de soirée, devant un petit immeuble de la rue Lhomond, d'où j'avais vu Georges Perec sortir plusieurs fois, les bras chargés de jouets en bois.

« C'est au dernier étage et il n'y a pas de code », lui avait-il précisé. Elle n'avait rien préparé pour ce premier cours, mais elle avait eu une idée : prendre comme texte de référence la Bible. Elle avait apporté dans sa besace en toile deux éditions bilingues de *l'Ancien Testament*, l'édition de Jérusalem et celle d'André Chouraqui. Elle n'avait jamais lu la Bible en continu. Elle n'en connaissait que quelques fragments, assortis de commentaires. « On prendra le temps qu'il faudra. On fera du mot à mot. » Elle parlait comme si elle s'excusait, surprise elle-même par son audace. « J'y vais, c'est l'heure. Tu m'attends en face ? »

L'été indien se prolongeait en ce soir de novembre et des étudiants occupaient la terrasse, se parlant de table à table en s'apostrophant bruyamment, interrompant la dérive de mes pensées. Était-ce à cause de l'alliance de la moiteur de l'air et de la noirceur de la nuit ? Je me revoyais là-bas, sur la terre battue face à la mer, regardant cette barre qui formait dans l'obscurité une crête blanchâtre, immobile entre le rivage et l'horizon, ma sœur à mes côtés, allongée sur la natte, les yeux fermés mais ne dormant pas encore, luttant comme moi contre le sommeil pour continuer à écouter Waité nous nommer, comme chaque soir, le nom des étoiles, dans sa langue, le *sarakolé*.

Judith m'a tapé sur l'épaule. « T'étais où ? » J'aurais eu bien du mal à lui répondre. Ses yeux brillaient. « Je rentre à pied à la cité. Ce soir, Victor n'est pas là, je vais dormir dans ma chambre. Tu peux rester avec moi ? »

Au matin, j'ai vu, entre le mur et le matelas, un amoncellement de serviettes tachées. Elle s'est retournée sur le lit, a remonté la couverture et a posé son bras par-dessus, pour mieux les dissimuler. Après quoi elle s'est endormie, la bouche ouverte, le corps tourné vers la fenêtre, indifférente à la lumière. Elle ressemblait à une créature mythologique, une jeune sirène dans une mer déchaînée, s'agrippant au navire pour tenter de ne pas mourir et que chaque vague, de nouveau, éloignerait. Elle était épuisée et le sifflement qui sortait de sa bouche indiquait un mauvais sommeil. Une longue chemise d'homme, blanche, lui servait de pyjama.

Au centre, tout en bas, une tache rouge s'élargissait. J'étais si paniquée qu'il me fallut plus d'un quart d'heure pour trouver enfin le téléphone mural dans le couloir. J'ai appelé les pompiers avant de composer le numéro de Suzanne. D'un ton ferme, elle m'a ordonné de poser de la glace sur son front et de lui tenir la main en surveillant son pouls. Elle s'habillait et venait sur-le-champ.

Judith avait toujours les yeux fermés ; à la commissure de ses lèvres, un peu de mousse blanche apparaissait. De temps en temps, des sons gutturaux sortaient d'elle comme si elle rêvait tout haut. Il y avait une tonalité d'indignation dans cette langue incompréhensible. J'ai disposé sous ses hanches des serviettes de toilette qui absorbaient progressivement le sang comme du papier buvard.

Dans la chambre d'à côté, c'était la fête. J'entendais un cha-cha-cha que je connaissais par cœur, des rires, des pas de danse, des verres qui s'entrechoquaient. J'ai frappé sur le mur. Les voisins ont répondu par des coups sur le rythme du cha-cha-cha. Une fille avec une jupe poncho et de longs cheveux noirs tirés en bandeaux façon XIXe siècle a tambouriné à la porte et nous a invitées. Elle s'est arrêtée net de parler quand elle a vu Judith étendue, les yeux clos, les paupières qui palpitaient sans pouvoir s'ouvrir. Elle ressemblait à une noyée.

Très vite le silence s'est fait à l'étage. J'ai entendu les sirènes puis des pas lourds dans le hall.

Les pompiers l'ont immédiatement mise sur le brancard pour l'examiner. Puis ils lui ont demandé d'ouvrir les yeux pour répondre à leurs questions. Judith m'a implorée du regard. J'ai rempli les papiers, j'ai inventé sa date de naissance avant d'apposer ma signature. Ils l'ont recouverte d'une couverture en aluminium argenté et lui ont posé une minerve. Elle ressemblait à une fée des contes d'Andersen qu'on aurait contrariée en l'obligeant à se tenir éveillée.

Quand Suzanne est enfin arrivée, le camion était parti depuis un bon quart d'heure pour l'hôpital, situé de l'autre côté du boulevard. Nous avons tenté de joindre Victor qui était, depuis la veille, dans la maison d'un camarade argentin qu'il aidait dans son déménagement pour Amiens. Il prendrait le premier train le lendemain matin. Il était inquiet et sanglotait au téléphone.

Suzanne a eu beau tempêter à l'accueil, montrer ses cartes, dire de plus en plus haut et de plus en plus fort toutes les fonctions qu'elle occupait dans le monde hospitalier, la femme de l'accueil ne l'a pas laissée entrer. Les visites étaient interdites. Tout juste a-t-elle consenti, finalement, à nous dire que Judith était en soins intensifs.

J'ai proposé à Suzanne de venir chez moi. Elle a accepté sans se faire prier. J'ai fermé les stores et lui ai fait couler un bain dans lequel elle s'est endormie. J'ai frappé à la porte de la salle de bains pour la réveiller et lui ai tendu un grand tee-shirt noir des Sex Pistols, acheté à la fin d'un concert. Et puis elle est allée se coucher dans mon lit. J'ai voulu fermer la porte. Elle a demandé que je la laisse entrouverte. J'ai ri. Suzanne travaille sur tous les fronts, Suzanne s'occupe des patients les plus difficiles. Suzanne n'a pas froid aux yeux. Mais Suzanne a encore peur du noir.

Judith est restée cinq jours en soins intensifs. À l'exception de Victor et du médecin qui l'avait avortée, elle ne pouvait recevoir de visites. Suzanne – malgré ses relances – n'avait jamais obtenu gain de cause et était obligée de se contenter des comptes rendus que son collègue de l'hôpital Montsouris lui faisait avec parcimonie.

Judith, au bout de trois semaines, est montée à l'étage des convalescents. Aucun médecin n'avait pu avancer un diagnostic précis. Elle disait ne pas éprouver la moindre souffrance, tout en se sentant incapable de mettre le pied par terre et de fixer son attention. On pratiquait sur elle tous les trois jours des transfusions et elle n'était alimentée que par perfusion.

Elle n'avait droit qu'à deux visites par jour. Il fallait enfiler une blouse bleue et mettre un masque sur la bouche et le nez qui rendait toute conversation difficile. Les mots semblaient s'échapper de moi comme de la ouate et je ne sais si elle m'écoutait. Si elle répondait, c'était par des hochements de tête. Au cours d'une de mes visites, ce devait être trois semaines plus tard, elle a mis ses mains sur ses yeux puis les a enlevées comme si elle voulait arracher un masque. Elle a recommencé cinq fois sans donner d'explications.

Sa chambre faisait un coin et, de son lit, on pouvait voir le ciel. Je contemplais les deux pins de la cour intérieure en observant le ballet des ambulances devant le service des urgences.

Parler la fatiguait. J'avais réussi à instaurer une façon de communiquer avec elle par les yeux et par des pressions sur les mains. Je bricolais des manières de signifier pour l'encourager à sortir de son immobilité. J'avais peur qu'elle ne se retire définitivement dans cet état d'apathie et qu'elle ne se mure dans cette tour de silence.

Je ne voyais guère Victor. La dernière fois que je l'ai croisé dans les couloirs de l'hôpital, il m'a annoncé l'arrivée d'Ethel en France le surlendemain.

Nous nous installions dans une maladie qui ne disait pas son nom. À deux reprises, une opération fut envisagée. Chaque fois, Judith fut épilée puis recouverte d'un liquide antiseptique rouge sur la totalité du corps. Arrivée au bloc opératoire le jour de l'intervention, l'un des trois médecins qui la suivaient depuis le début de son hospitalisation a fait savoir à ses collègues qu'en raison d'une légère diminution de l'infection, il valait mieux reporter l'opération.

La fièvre, en effet, avait commencé à baisser. Les infirmières ont enlevé les perfusions. L'horaire des visites s'est assoupli. À l'intérieur de la chambre aussi, la surveillance était moindre. Il n'était plus nécessaire de mettre un masque. Nous avons pu lui apporter des fleurs.

Une fin d'après-midi, j'ai frappé à sa porte. La chambre était vide. L'infirmière m'a expliqué que

Judith avait été transportée dans une autre aile de l'hôpital.

J'ai traversé deux cours pour me rendre dans un bâtiment vitré où elle venait d'être admise. La porte de sa nouvelle chambre était entrouverte. Je l'ai poussée tout doucement. J'ai d'abord vu un bouquet de tulipes rouges dans un grand verre, puis un homme brun, penché sur le visage de Judith. Il caressait ses cheveux et approchait ses lèvres. Judith, elle, s'appuyait sur ses avant-bras pour lui offrir sa bouche. Elle avait écarté les couvertures. Sous sa chemise de nuit blanche, sa poitrine palpitait.

J'étais abasourdie. J'ai posé mon sac par terre dans le couloir et j'ai tenté de reprendre ma respiration en inspirant. Deux femmes apportaient le repas du soir et poussaient des chariots en aluminium. J'ai fait semblant de quitter la chambre, en me retournant pour fermer la porte.

J'ai entendu des rires. Judith roucoulait.

Suzanne

Suzanne ne semblait pas éprouver de sentiment de peur. À la clinique de La Borde, elle avait rencontré un infirmier qui militait dans une organisation humanitaire. Il lui a proposé de venir avec lui dans quelques réunions.

Très vite, elle est partie pour des missions ponctuelles en Afrique. On appréciait son savoir-faire en matière de logistique et de coordination des équipes. Elle n'avait besoin de personne et savait se débrouiller pour louer du matériel, trouver des véhicules, se faire aider sur place. Elle n'avait jamais de chauffeur et conduisait elle-même son pick-up mais elle faisait toujours appel à un informateur qui lui traduisait tout ce qu'elle entendait.

On la surnommait la gitane. En raison sans doute de ses jupes longues et de ses foulards qu'elle nouait derrière la nuque et portait bas sur le front, juste au-dessus des sourcils.

Elle avait retrouvé quelques camarades qu'elle fréquentait en Mai 68 dans l'organisation. Les débats étaient vifs pour savoir quels seraient les prochains terrains d'intervention. Elle écoutait mais ne participait pas, ne se sentant pas compétente pour donner son avis dans ces conversations où l'idéologie prenait souvent le pas sur la géopolitique. Elle faisait toujours preuve d'une grande timidité et ne se sentait à sa place que lorsqu'elle était la cheville ouvrière d'un grand dessein.

C'est à la sortie de la faculté de médecine qu'elle a lié connaissance avec trois jeunes gens qui lui ont donné des documents sur l'anti-psychiatrie et des tracts appelant à une manifestation.

Elle voulait toujours devenir psychiatre. Après son expérience de La Borde, elle avait réussi à se faire engager pendant l'été comme infirmière spécialisée dans l'un des plus grands hôpitaux psychiatriques de France, celui de Montfavet, non loin d'Avignon.

Elle conservera longtemps le souvenir des regards vides et des corps tordus par la souffrance des patients de cet hôpital. Les médecins, sans aucun désir de malveillance, mais parce qu'ils étaient peu enclins à espérer, les gavaient chaque jour de médicaments pour mieux les abrutir, sans leur proposer de véritables activités, à l'exception des visites – quand il y en avait.

Le choc avait été rude par rapport à La Borde où le patient était décrété sujet et où les soins s'organisaient à partir de ce postulat. De sujets, dans cette ville hospitalière fermée par de lourdes grilles et où les bâtiments s'étageaient dans un grand parc au relief accidenté, il n'y en avait pas. Suzanne, avec la complicité du chef de service et de l'interne, avait eu l'autorisation d'inventer des ateliers l'après-midi pour les personnes qui le souhaitaient.

Profitant de la proximité du festival d'Avignon, elle avait convié des metteurs en scène et des chorégraphes à venir s'exprimer. Les patients, au début, étaient nombreux dans ces classes improvisées. Ils s'asseyaient sous le grand platane pour les écouter évoquer leur pratique. Mais ils se levaient souvent, poussaient leurs camarades, hurlaient quelquefois, ou partaient dans la direction opposée en invitant l'assistance à les suivre. Suzanne remerciait alors les intervenants qui se sauvaient avec un sentiment de défaite. Elle aussi éprouvait une grande tristesse, une impression de gâchis. Elle n'interrompait pas pour autant l'expérience, en espérant que les lendemains seraient plus calmes et plus positifs.

Un jour, une jeune chorégraphe qui avait accepté l'invitation de Suzanne, leur rendit visite. Elle arriva avant l'heure, sans prévenir, sur les lieux de la rencontre. Elle poussa la table, dégageant ainsi le cercle de ciment, puis elle se déshabilla lentement, précautionneusement. Sous son jean, elle portait un justaucorps noir. Elle sortit sa petite radio et enclencha une cassette. Le boléro avait commencé. Elle esquissa des gestes d'étirement, avant de tourner sur elle-même de plus en plus vite, comme si elle s'affranchissait du rythme de la musique pour trouver son tempo intérieur. Elle s'assit ensuite, les genoux en tailleur, et, lentement, elle retrouva sa respiration. La jeune femme était maigre et, à travers le tissu, on voyait ses côtes. Elle se leva et invita un homme aux cheveux blancs et à la tête inclinée à venir la rejoindre sur la piste de danse improvisée. Il portait un pantalon trop large qui tenait par une sorte de ficelle.

Il refusa. Elle vint le chercher. Elle le traîna par les poignets dans son cercle enchanté. La musique continuait, grésillant.

Tout d'un coup, le vieil homme mit sa cigarette derrière son oreille droite, releva sa mèche en arrière, cambra les reins et invita la chorégraphe à danser un paso-doble. Elle se trompait quelquefois dans les figures imposées et, son cavalier, par des pressions exercées sur son avant-bras, lui indiquait comment plier le corps pour repartir dans la direction opposée.

Ils continuèrent à danser. Un silence s'était fait dans l'assistance, médusée par la beauté de ce couple d'un autre âge qui paraissait avoir tout oublié pour se livrer à la seule jouissance de l'instant.

Le vieil homme cessa de danser, juste un peu avant la fin de la musique. Il pencha son corps pour la remercier et lui fit un baisemain. Heureusement, les applaudissements nourris couvrirent les débuts de sanglots de la danseuse qui se réfugia dans ses bras en mettant sa tête contre sa poitrine.

Le lendemain, elle est revenue. Le surlendemain aussi. Les autres jours encore. Et ainsi jusqu'à la fin de l'été. Personne n'a plus jamais voulu danser avec elle.

Les architectes avaient pris soin de séparer l'hôpital de la cité. Le parc, avec ses arbres centenaires, ses grandes allées ornées de lauriers-roses, ses labyrinthes de buis, pouvait, un temps seulement, faire penser qu'on y déambulait en toute liberté.

Des hauteurs de la ville, juste devant les grilles, on voyait l'Adriatique. Dès qu'on les franchissait, on oubliait l'idée même de la mer. On se retrouvait plongé dans un univers dans lequel il fallait pouvoir venir en aide à tout moment.

Les malades couraient, trépignaient, hurlaient, balançaient les tables. La plupart d'entre eux avaient été enfermés comme des bêtes sauvages. Depuis des décennies, ils étaient considérés comme des fous dangereux.

Franco Basaglia et ses équipes étaient venus les libérer.

Une équipe de La Borde avait été dépêchée pour les aider et Suzanne avait fait partie des premiers volontaires.

Elle m'envoyait des lettres, depuis les débuts de l'hiver, me racontant le travail de collecte qu'elle faisait auprès des intéressés. Personne n'avait jamais posé de questions à ces malades. On ne connaissait d'eux que leur nom et leur date de naissance. Suzanne était chargée de reconstituer leur vie qu'elle archivait ensuite sur des fiches conservées dans des boîtes en métal.

Fin février, elle m'avait demandé si je pouvais venir la rejoindre à Trieste. Ils avaient besoin de forces nouvelles pour accélérer le calendrier de la sortie des fous dans la ville.

Quand je suis arrivée, il soufflait un vent mauvais. Durant les premiers jours, j'étais transpercée par le froid et l'humidité qui s'infiltraient dans les bâtiments non chauffés. J'étais chargée de rédiger les fiches des patients des bâtiments centraux en vue de leur constituer un carnet de santé. La tâche était longue et difficile. La plupart d'entre eux ne disposaient d'aucun papier d'identité.

Nous étions une cinquantaine, venus de toute l'Europe, pour assister et aider modestement l'entreprise intellectuelle et politique la plus importante du moment. Il ne s'agissait pas seulement d'ouvrir les portes de l'asile mais de nous redéfinir par rapport aux malades et de trouver des conditions d'accueil et d'hospitalité dans la ville même. Faire confiance. Basaglia répétait tout le temps cette profession de foi lors des grandes conférences qu'il donnait dans le bâtiment central en fin de matinée. Accompagné par trois médecins proches de lui, il nous faisait un point, jour après jour, sur l'avancée des travaux.

« Il s'agit, non de répandre la folie, mais, au contraire, d'intégrer ceux qu'on a nommés fous depuis si longtemps dans la société civile, en leur proposant différentes solutions. » Il ne parlait pas seulement de Trieste mais de toute l'Italie. Il considérait que le travail juridique de désincarcération était aussi important que l'accompagnement médical et l'assistance psychologique.

L'hôpital, sorte de ville dans la ville, vivait en autarcie depuis longtemps. Chacun y jouait son rôle et n'entendait pas forcément en changer. Les équipes de Basaglia avaient du mal à progresser. Certains malades, effrayés de ne plus être enfermés, se trouvaient des cachettes, au fond du parc, dans des cabanes de jardinier d'où il était difficile de les faire sortir. D'autres venaient aux assemblées, mais se cachaient le visage avec un mouchoir dès qu'on leur adressait la parole.

Nous avions élu domicile derrière l'économat, dans deux petites pièces qui servaient d'officine. Il y avait au mur, des placards avec des médicaments et des cartes anatomiques représentant le cerveau. Nous avions trouvé deux lits de camp mais pas de lampe. Le soir, il était impossible de lire avec la lumière sale et faible des néons. Alors, on se mettait sous les couvertures et on se racontait notre journée.

Nous étions dans une bulle. On ne comptait plus les jours. On construisait des liens petit à petit, patiemment. Chacun d'entre nous retrouvait quotidiennement une dizaine de malades qui ne se quittaient pas et qui ne nous quittaient pas.

Il y avait des animaux dans le parc. Beaucoup de chiens errants, des chats sauvages, un peu partout, mais aussi des poules, des lapins et un vieux cheval de trait qu'on appelait Marco et qui, lui aussi, avait dû rester enfermé toute sa vie.

Qui a eu l'idée du cheval bleu ? Nul ne le sait. Basaglia souhaitait faire de la sortie des malades un grand événement qui marquerait la conscience des habitants de la ville. Ils quittaient l'hôpital, non pour s'exhiber une fois et revenir à la situation *ante*, mais pour être inscrits définitivement dans le tissu social.

Ceux qui étaient enfermés depuis longtemps ont commencé à confectionner un cheval en assemblant des morceaux de carton. Plus les jours passaient, plus ses pattes s'allongeaient. Son poitrail aussi était immense.

Au petit matin de ce dimanche de mars, le cheval patientait dans l'allée centrale, juste derrière les lourdes portes. Porté par des dizaines de personnes, il a franchi, le premier, la frontière qui sépare ceux qu'on croyait morts depuis longtemps de la communauté des vivants.

Suzanne et moi faisions partie de ce cortège bruyant et joyeux qui s'empara du centre de la ville, accompagné par un concert de tambours, de cymbales et de trombones. Nous marchions, dansions, et criions à tue-tête en formant, dans la ville, un long ruban blanc qui s'élargissait. Les habitants s'étaient massés dans l'avenue principale et la plupart nous applaudissaient. Un homme en colère jeta une casserole contre le cheval pour tenter de le déséquilibrer. En vain. Le cheval continua sa course jusqu'à l'Adriatique avant de remonter. Au bout de son voyage, couvert de fleurs, il fut brûlé. Une bonne partie de la nuit, il alimenta notre feu de joie.

Le lendemain matin, Suzanne accompagnait Basaglia à Venise, sa ville natale, pour poursuivre l'expérience. Elle m'a conduite à la gare et a tenu à venir sur le quai. Quand le train est arrivé, elle m'a serrée dans ses bras comme si nous n'allions jamais nous revoir.

Florence

Florence s'appelait elle-même « la collectionneuse » avec une certaine ironie. Elle multipliait les histoires sans lendemain et ne se souvenait plus, quelquefois, du prénom de ses amants. La drogue avait émoussé en elle la sensation du plaisir physique et elle n'arrivait plus à penser qu'elle pourrait éprouver de la jouissance. Elle travaillait, de manière intermittente, pour des compagnies dont elle avait connu les régisseurs du temps de Chaillot. Elle faisait aussi des piges pour un magazine de mode qui lui demandait de couvrir quelques défilés. Rien que du provisoire, qui lui permettait tout juste de payer le loyer de son appartement et de s'offrir un taxi, de temps à autre, lorsqu'elle sortait tard du théâtre où elle se rendait pratiquement tous les soirs.

Elle s'était inscrite à un cours de yoga comme il en fleurissait tant dans le quartier des Halles. Celui-ci était dirigé par une femme se revendiquant d'un maître indien. Elle exigeait de ses élèves des exercices quotidiens de méditation, ainsi qu'une discipline alimentaire. Un séjour dans un ashram récompenserait les meilleurs d'entre eux. Florence se prit au jeu et multiplia les cours particuliers pour accélérer son enseignement. Elle se mit à manger de moins en moins. Son corps devenait de plus en plus frêle. Elle avait coupé ses cheveux à la Jean Seberg et s'habillait, le plus souvent, d'un tee-shirt large et d'un jean. Elle avait l'air d'un page égaré dans notre temps. Elle n'était plus vraiment d'ici.

Elle est partie trois fois rejoindre sa professeure dans une communauté près de Pondichéry. Elle en revenait, chaque fois, amaigrie mais de plus en plus exaltée. Elle énonçait des théories sur les fluides dans le corps, constitutifs de sa solidité, disait-elle. Cela me laissait perplexe et je n'écoutais pas vraiment. Puis elle est sortie de moins en moins souvent. Tout au plus allait-elle, de temps en temps, voir des camarades jouer sur scène mais cela lui coûtait beaucoup. Elle avait résilié ses contrats et vivait d'expédients. Un soir, en se rendant à une première, elle a dévalé l'escalier alors qu'elle faisait un changement dans le métro. Un genou a-t-il cédé ou est-ce la tête qui a tourné ? Elle n'a pas su le dire aux passants qui l'ont aidée à se relever. Elle est restée longtemps assise sur le quai avant de pouvoir rentrer chez elle.

Depuis, elle se plaignait – elle qui ne se plaignait jamais – d'une méchante douleur dans le bas du dos. Elle toussait aussi.

Je suis allée sonner chez elle en fin d'après-midi. Pour m'ouvrir la porte, elle a mis un quart d'heure. Elle s'appuyait sur une canne qui pouvait glisser sur le parquet. Le médecin généraliste qu'elle avait consulté n'avait rien remarqué de particulier. Elle multipliait les massages avec un type qui avait été en Inde avec elle et s'était autoproclamé, depuis, kinésithérapeute. Elle avalait aussi beaucoup de décoctions de plantes et ne se nourrissait plus que de riz et d'algues.

La dernière fois que je l'ai vue debout, c'était à l'enterrement d'un de nos amis communs, un comédien emporté par une embolie pulmonaire. Il pleuvait à verse. Elle s'est abritée sous mon parapluie pendant les oraisons funèbres. Elle changeait sans arrêt de pied en déplaçant le poids de son corps. C'était comme si elle dansait sur place. J'ai essayé de calmer ce mouvement incessant en la prenant par les épaules. Elle m'a murmuré à l'oreille que c'était le seul moyen qu'elle avait trouvé pour ne pas trop souffrir. « J'ai mal dans mes os », a-t-elle ajouté avec comme un sourire d'excuse.

Un matin elle n'a pas pu se lever. Son voisin, qui venait lui apporter son courrier tous les jours et avait la clef, l'a trouvée dans son lit, sans forces. Il a appelé les pompiers. Elle a été transportée à l'hôpital Lariboisière.

Ensuite, tout est allé très vite. Nous avions le droit de lui rendre visite l'après-midi. C'était la période de Noël. On trouvait des litchis sur les étals des marchés. C'était une des rares choses qu'elle consentait à sucer.

Elle se maquillait pour nous recevoir et avait l'air d'une princesse. Son père et sa sœur étaient à son chevet chaque jour. Sa sœur avait un petit ami médecin qui avait pu prendre connaissance de son dossier mais ne voulait rien en dire.

Au début, elle plaisantait et tenait presque salon dans sa chambre d'hôpital, s'enquérant de la santé de chacun et de ses projets de vacances. La morphine avait fait cesser les quintes de toux et elle se sentait délivrée. Son impossibilité de s'alimenter contraignit les médecins à lui poser une perfusion, qu'elle arrachait par inadvertance, en parlant avec ses mains.

Les premiers jours de février furent décisifs. Florence s'abandonnait à la maladie. La bête prédatrice l'avait emmenée dans sa tanière et l'avait griffée si fort qu'elle ne pouvait plus en sortir. Elle parlait de moins en moins. Elle répondait par onomatopées. Venir la voir signifiait pouvoir capter un peu son regard et parler avec les yeux. Après, elle se rendormait. Aucun traitement ne lui était proposé. Elle s'éloignait. Elle est entrée dans une longue somnolence. Puis on l'a transférée dans une autre unité. Seuls son père et sa sœur avaient l'autorisation de lui rendre visite. La mère ne s'était pas manifestée.

Sa sœur avait fait agrandir des photographies de Florence en choisissant celles où elle était bras nus, en plein été, dans un verger. Elle avait commandé des fleurs blanches et installé de nombreuses bougies, de telle sorte qu'on avait l'impression qu'il s'agissait d'un autel. La foule était nombreuse et jeune. Beaucoup étaient restés dehors, dans le froid glacial, tentant d'entendre des bribes des discours. Le père s'est avancé vers le micro, mais il s'est écroulé en larmes. La sœur a appelé un de leurs amis comédiens qui a lu des fragments des *Lettres à un jeune poète.* Puis s'est élevée la voix de Barbara – *Une petite cantate* – juste avant Schubert. C'était interminable. Nos lèvres étaient bleues et nos mains gelées lorsque quatre hommes ont soulevé le cercueil, l'ont mis sur des rails et ont pressé sur un bouton pour qu'il disparaisse.

Le soir même, à Chaillot, il y eut une soirée improvisée au cours de laquelle chacun pouvait venir prendre la parole ou chanter. Une farandole de comédiens, habillés avec ses costumes, sont montés sur le plateau. Sa mère était venue seule et s'était assise au fond de la salle. Quand un de ses amis de Pondichéry vint chanter du Oum Kalthoum, je vis qu'elle tenait ses mains immobiles devant elle comme si elle priait.

Il a bien fallu, non pas conclure, mais arrêter. C'est le régisseur qui s'en est chargé. Il a remercié tout le monde puis il a fait le noir. Il n'a pas baissé le rideau. Au fond du plateau, la servante, fanal dans la nuit, resta allumée.

La narratrice

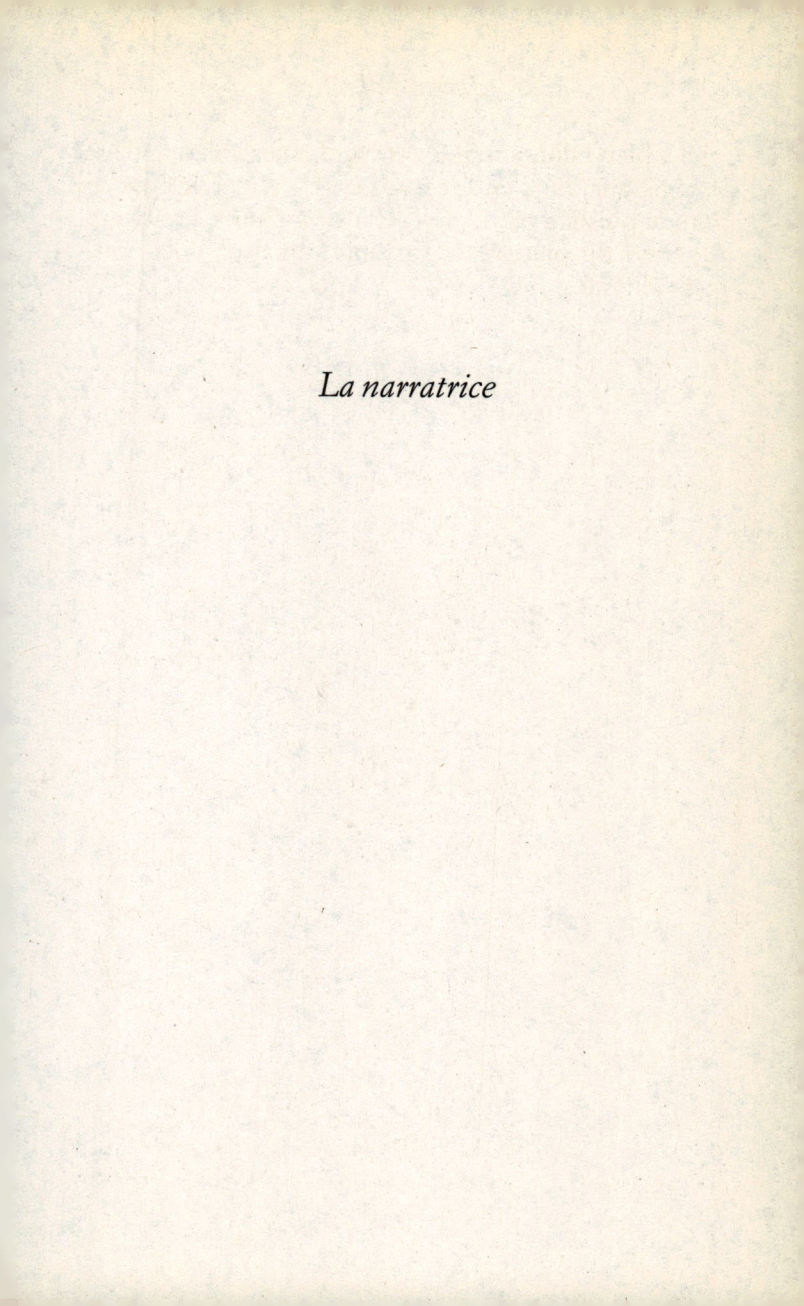

La faucheuse n'a pas été tendre avec notre génération. Pas de plan de vie, pas de désir particulier de rester en vie. Nous n'y pensions même pas. Nous nous sentions immortelles.

Les jours qui ont suivi l'enterrement de Florence, je ne savais pas quoi faire. J'étais désœuvrée et le temps passait lentement. Je traînais. Puis j'ai eu des problèmes d'insuffisance respiratoire, ce qui a entraîné une coupure, voire un retrait, du monde que je fréquentais. Je craignais de m'évanouir devant les autres. Les endroits publics me faisaient peur. J'entendais très fort les conversations dès que nous étions plus de trois personnes. Cela faisait un bruit strident, comme un sifflet ininterrompu, dans mes oreilles. J'étais souvent en sueur sans comprendre pourquoi. Comme si j'avais accompli un grand effort physique, alors que j'étais restée immobile dans mon appartement, que je ne quittais guère, sauf pour remplir le réfrigérateur. Progressivement, je me suis repliée sur moi-même sans m'en apercevoir. Je n'ouvrais plus le matin au facteur, j'avais pris l'habitude de laisser sonner le téléphone. Au début, j'écoutais la messagerie, puis j'en ai perdu le goût. Je n'achetais plus de journaux et allumais la radio dès mon réveil. C'était comme un bruit de fond, je ne l'écoutais pas. Je prenais mes repas à la va-vite, debout dans la cuisine, sans changer les assiettes, de la soupe lyophilisée, des œufs, quelquefois un fruit. Je mangeais toujours la même chose mais rien n'avait de goût.

Un soir, j'ai reçu la visite de Suzanne. Elle a dû sonner plusieurs fois. J'ai mis du temps à lui répondre. Je n'ai pas entendu la sonnette. Lorsque j'ai compris, je me suis demandé qui pouvait bien venir me voir. Il était huit heures et demie et j'étais en robe de chambre, presque prête à aller me coucher.

Elle a mis des gants en plastique et s'est attaquée à la cuisine. Puis, avec l'aspirateur, elle a nettoyé le salon, et mis de l'ordre dans mes vêtements éparpillés dans le couloir. Elle faisait des piles, ouvrait des sacs poubelles, jetait sans me consulter. Elle n'entendait rien avec le bruit de l'aspirateur, elle repoussait en arrière ses mèches qui lui tombaient sans arrêt sur le visage, puis elle continuait de plus belle, enragée, désireuse que tout redevienne net.

Suzanne a terminé vers onze heures. Elle a ouvert une bouteille de vin et nous avons trinqué. « À toi », disait-elle. Elle était dans le mouvement, dans l'action. Elle voyait des gens toute la journée. Elle travaillait en équipe. Elle ne se posait pas de questions sur son emploi du temps et ses journées recommençaient à l'identique. Moi, je naviguais à vue, n'ayant pas de travail fixe, seulement des missions temporaires pour lesquelles je devais relancer mes interlocuteurs dans l'espoir qu'elles soient renouvelées.

Suzanne m'a obligée à écouter le répondeur et m'a suppliée de rappeler. Je me suis exécutée, la mort dans l'âme, mais je l'ai fait, d'une voix atone. À ma grande surprise, j'intéressais encore quelques personnes qui désiraient, de nouveau, travailler avec moi.

Petit à petit, j'ai repris pied.

Suzanne allait souvent à des fêtes. En fin de semaine, elle pouvait en enchaîner plusieurs dans la même soirée. Elle n'était pas forcément invitée à toutes. Elle était dans le circuit. C'était une habituée. Elle arrivait avec sa bouteille de champagne et on l'accueillait à bras ouverts.

Un jour, elle m'a conviée à la fête d'un de ses camarades de l'organisation. J'ai longtemps hésité. J'ai mis une robe rouge, pas trop courte, qui moule les hanches et j'ai ressorti mes boucles d'oreilles en strass en forme de larmes. Pour la première fois depuis longtemps, je me suis maquillée. Pas beaucoup. J'ai utilisé le même bâton de rouge pour les pommettes et pour les lèvres. Quand Suzanne a sonné, j'étais en train de me regarder, de loin, dans le miroir de la salle de bains. De loin, justement, ça allait. Ça n'est pas que je me plaisais, mais je m'autorisais à être présentable.

La porte de l'appartement était entrouverte. Une fille, à l'entrée, nous a demandé d'aller mettre les bouteilles d'alcool dans la baignoire. Dans les deux pièces, il y avait beaucoup de monde. La plupart dansaient, les autres fumaient ou regardaient ceux qui s'agitaient. Impossible de se parler. Par les enceintes, la musique crachotait. C'était des vieux rocks, des standards sans intérêt qui faisaient se trémousser. Et puis, tout d'un coup, un slow. *Sad Lisa* de Cat Stevens. Enfin, pas tout à fait un slow mais une musique plus lente.

Il s'est approché de moi et m'a invitée. Au début, à cause du rythme de la musique, il m'a fait tourner sur moi-même, puis il m'a prise dans ses bras.

Au morceau suivant, malgré le rock qui revenait, nous sommes restés enlacés.

Éric venait d'apprendre qu'il était nommé à New York à un poste dans une organisation humanitaire. C'était inespéré. Il partait là, tout de suite.

Trois mois plus tard, après avoir emménagé dans le Bowery, dans un appartement sans confort mais assez spacieux, il me proposait de venir le rejoindre.

Je n'ai pas hésité. J'ai tout quitté.

J'ai réussi à m'organiser une vie qui me plaisait. Je travaillais pour un label underground qui venait d'être créé à Soho et j'ai eu la chance de connaître les musiciens du Velvet qui m'entraînaient souvent au Village Gate pour découvrir, au sous-sol, de nouveaux groupes.

Je vivais la nuit. Éric travaillait de jour avec des horaires contraignants. Cela ne perturbait pas notre relation amoureuse. Nos week-ends nous appartenaient et nous sortions à vélo explorer le Queens, là où les friches industrielles alternent avec des buildings délabrés au milieu des herbes folles. Nous imaginions nous faire construire une maison sur un terrain qui semblait abandonné.

Très vite, j'ai eu envie d'un enfant de lui. Je ne lui en ai pas parlé, mais l'idée s'est imposée naturellement. Quand il a su que j'étais enceinte, il a éclaté en sanglots. Quand il a vu notre fille à l'hôpital pour la première fois, il a improvisé une danse sioux impressionnante.

Suzanne, sa marraine, a décidé de passer une semaine à New York. Elle prenait la petite contre sa poitrine, la berçait, la langeait comme si c'était la sienne. Puis elle est repartie pour une de ses missions humanitaires. En Asie, je crois.

Je repartais tous les deux ans, l'été, pour la France. J'ai loué une grande maison dans le Sud et y ai invité Suzanne qui a réussi à se libérer. Elle est venue avec sa mère, très âgée, dont elle s'occupait admirablement. Suzanne était toujours en suractivité. Quand elle ne courait pas, elle faisait de la gymnastique ou de la natation. Comme si elle avait besoin de s'épuiser.

Elle m'a parlé, cette fois-là, de son désir de s'installer en Afrique. Elle connaissait au Tchad une ville, dans le Nord, où elle pourrait mettre en place une structure hospitalière qui servirait toute la région fortement défavorisée. Elle avait repéré un emplacement, à l'entrée d'une bourgade, où elle comptait se faire construire une petite maison en dur. Elle avait aussi évoqué l'existence d'un lac à deux heures de piste avec une plage et un hôtel abandonné. « Un des plus beaux paysages que je connaisse », avait répété Suzanne.

Elle a envoyé des lettres d'Afrique assez laconiques. Suivirent de plus en plus de cartes postales pour notre fille. Toujours les mêmes. On y voyait des gazelles fixant l'objectif dans une semi-savane.

Puis soudain, plus de nouvelles.

Je ne me suis pas inquiétée. Je l'imaginais vivant là-bas, enfin en paix avec elle-même. Elle ne répondait plus à mes courriers. Sans doute était-ce dû à la difficulté d'acheminement. Je n'y voyais pas un geste volontaire, mais plutôt une conséquence de son isolement géographique.

Petit à petit elle s'est éloignée de moi.

Je ne pensais plus vraiment à elle, mais je rêvais d'elle quelquefois. Avant de regagner New York, je m'arrangeais toujours pour passer une semaine à Paris avec ma fille. Un dimanche, je l'ai accompagnée faire du skate sur l'esplanade du Trocadéro. Et c'est au beau milieu de l'après-midi que j'ai eu, une poignée de secondes, un fort éblouissement. J'ai vu des fusées jaunes et roses s'imposer et se croiser à toute allure dans mon champ de vision. J'ai vacillé, perdu l'équilibre et, lorsque je me suis relevée, la tête me tournait encore, j'étais incapable de marcher droit. Surtout, j'étais paniquée à l'idée de perdre la vue.

Je me suis retrouvée au service des urgences ophtalmologiques de l'Hôtel-Dieu. Il y avait beaucoup de monde dans la salle d'attente, et nous patientions lorsque ma fille a attiré mon attention sur une affiche. On y voyait Suzanne en blouse blanche, face à l'objectif, souriante. Un appel à témoin précisait qu'on était sans nouvelles d'elle depuis plus de six mois. Un numéro de téléphone était inscrit, en gros, au bas de l'affiche.

Le lendemain, j'ai téléphoné. Une dame aimable m'a expliqué qu'elle était partie, un samedi matin, vers le lac, en disant qu'elle serait de retour avant que la nuit tombe. Elle n'était pas réapparue. Des battues avaient eu lieu, aux abords de l'hôtel abandonné, près de la petite plage où elle avait coutume de se baigner. Son pick-up non plus n'avait pas été retrouvé. La police a dépêché des hélicoptères qui ont survolé toute la région.

L'apprentissage de la désillusion

Suzanne avait disparu sans laisser de traces. Les enquêteurs, aidés par la police française, n'excluaient aucune piste. En attendant, ils se refusaient à conclure à une mort accidentelle. L'une des hypothèses était qu'elle avait pu regagner le territoire français sous une autre identité. Mais pourquoi Suzanne se serait-elle cachée ? Pourquoi un tel stratagème qui ne lui ressemblait guère ? J'ai confié mes doutes, expliqué mon histoire et laissé mon numéro de téléphone.

Personne ne m'a jamais rappelée.

J'ai enterré Florence. Cela ne m'empêche pas de la voir réapparaître, certains soirs, dans un théâtre. J'ai appris la disparition de Suzanne sans pouvoir en faire le deuil et je me suis surprise à courir dans une rue après elle, en criant son prénom.

De Judith, depuis la fin de son hospitalisation, je ne savais rien, si ce n'est qu'elle avait fait son alya et qu'elle était partie vivre en Israël. Elle avait disparu. C'est comme si le pays l'avait absorbée. Son ancien amoureux, éconduit, était retourné vivre en Argentine et je ne connaissais personne qui aurait pu me donner de ses nouvelles.

Il y a trois ans, je fus invitée par une association de féministes israéliennes à venir parler des voix de femmes dans les musiques actuelles. Le festival se tenait dans un cinéma excentré de Tel-Aviv, environné d'un jardin aux fleurs luxuriantes. Des tables avaient été installées sous les tonnelles. Les débats commençaient en fin d'après-midi, quand la chaleur tombait. Il n'y avait que des femmes dans l'assistance. Mon attention s'est fixée sur l'une d'elles. Yeux bleus, cheveux cendrés. Elle aussi me regardait. À la fin du débat elle s'est approchée de moi. « Tu ne te souviens pas ? Nous suivions les mêmes cours avec Judith. »

Tout m'est revenu. Nos places au fond de l'amphithéâtre, la lumière du café où nous avions nos habitudes l'après-midi, les cours de philosophie allemande sur Nietzsche et la tragédie, le samedi matin.

Elle m'a annoncé que Judith habitait Jérusalem, comme elle. Elle vivait dans Méa Shéarim, un quartier du nord de la ville où n'habitent que des ultra-orthodoxes, et n'en sortait guère. Une fois, elles s'étaient croisées par hasard à la librairie française. Judith avait fait semblant de ne pas la reconnaître. Elle portait une perruque et une longue robe blanche.

« Tu veux me laisser une lettre pour elle ? Je connais l'adresse de la bibliothèque où elle vient travailler et je peux la lui faire parvenir. »

J'ai écrit deux pages. J'évoquais la disparition de Suzanne et ma vie à New York dans le monde de la musique, le casque sur les oreilles comme une sorte de filtre qui me protégeait des bruits du monde. Je lui disais que j'avais envie de lui parler. J'ai décidé d'attendre sa réponse. Les filles de l'association m'ont prêté un studio. J'ai patienté trois semaines. En vain.

Je suis repartie pour New York.

Les années ont passé mais je n'ai pas oublié.

Nous sommes les survivantes. Nous avons un devoir de mémoire.

De ma maison du Sud, je continue à lui envoyer régulièrement des lettres.

Je n'ai pas perdu espoir.

J'ai hâte de la revoir.

Peut-être un jour… Je garde l'espoir de nous retrouver.

Aujourd'hui, je vis avec mes mortes dans une sorte d'attention flottante. Elles me rendent visite. Surtout la nuit. Elles peuvent même revêtir l'apparence de doubles dans la lumière du jour.

Pour moi, elles sont immortelles.

Du même auteur :

À L'AUBE DU FÉMINISME : LES PREMIÈRES JOURNALISTES, 1830-1850, Payot, 1979.
SECRETS D'ALCÔVE : HISTOIRE DU COUPLE DE 1830 À 1930, Hachette Littératures, 1983 ; Pluriel, 2006.
L'AMOUR À L'ARSENIC : HISTOIRE DE MARIE LAFARGE, Denoël, 1986.
LES FEMMES POLITIQUES, Seuil, 1993 ; Points, 2007.
L'ANNÉE DES ADIEUX, Flammarion, 1995 ; J'ai Lu, 1996.
MARGUERITE DURAS, Gallimard, 1998.
À CE SOIR, Gallimard, 2001 ; Folio, 1993.
LES MAISONS CLOSES : 1830-1930, Hachette Littératures, Pluriel, 2002 ; rééd. 2008.
LES FEMMES QUI ÉCRIVENT VIVENT DANGEREUSEMENT, Flammarion, 2007.
FEMMES HORS DU VOILE, Chêne, 2008.
L'INSOUMISE, Actes Sud, 2008.
LES FEMMES QUI AIMENT SONT DANGEREUSES, Flammarion, 2009.
LES FEMMES QUI LISENT SONT DANGEREUSES, Flammarion, 2006.
DANS LES PAS DE HANNAH ARENDT, Gallimard, 2005.
FRANÇOISE, Grasset, 2011 ; Pluriel, 2012.
MANIFESTE POUR LES HOMMES QUI AIMENT LES FEMMES, J'ai lu, 2014.

Le Livre de Poche s'engage pour l'environnement en réduisant l'empreinte carbone de ses livres. Celle de cet exemplaire est de :
300 g éq. CO_2
Rendez-vous sur
www.livredepoche-durable.fr

Composition réalisée par PCA

Achevé d'imprimer en août 2014 en France par
CPI BRODARD ET TAUPIN
La Flèche (Sarthe)
N° d'impression : 3006337
Dépôt légal 1re publication : août 2014
LIBRAIRIE GÉNÉRALE FRANÇAISE
31, rue de Fleurus – 75278 Paris Cedex 06

31/7991/8